살아가는 재미

사유 그리고 거꾸로 보는 세상

시선 時選

시선 視線

• 차례 •

책을 출판하며

. . .

소설가 조지 오웰(Georg Orwell)에 의하면
글쓰기란 순전한 이기심 의미와
아름다움을 추구하는 미학적 열정
역사적 충동 정치적 목적 거대 담론이라 이야기했다
그러나 나는
지극히 단순하고 소소한 이야기를 하고 싶었다
삶의 의미와 활력소
세상에 대한 고민
자연을 바라보는 시선
일상생활에 대한 의미와 탐구 관심을 증폭하는 과정
배우지 않았지만 스스로 배우고 느끼고 싶었던
美學과 人文學에 대한 갈증
대략 이런 관점에서 글을 쓰고 탐구했다고 볼 수 있다
늘 바라보는 시선을 뒤집어 보고 비틀고
삐뚤어지게 생각하고자 했던 것들을
지금껏 메모하고 읽어보고 정리해서
오늘의 책이 탄생했다고 볼 수 있다

지금껏 살아오면서 열정과 노력이 살아 숨 쉬고 있으니
육십 평생을 살면서 다행이라는 생각이 든다
이 글이 몇 사람들과 함께할지는 모르나
첫 페이지부터 끝까지 읽어주었으면 하는 바람이다.

책을 내면서

김용화

봄을 맞이하며 보내며

난 지금
손안에 씨앗을 한 움큼 쥐고 있습니다
무엇인가 기대하며 말입니다
기대한다는 것은 욕심이란 걸 알고 말입니다
그래도 욕심을 내려 합니다
씨앗을 땅에 묻으며 이런 끔찍한(?) 생각을 하다니요
그래도 좋습니다 봄이니까요
욕심 한번 부리겠습니다
봄이니까요
작은 개울도 예쁜 소리를 내며 여유롭게 흐릅니다
산수유 개나리도 전성기를 구가합니다
새들의 울음소리를 웃음소리로 표현하고픈 계절입니다
무척이나 기대되고 설레는 봄의 중심입니다
그 메말랐던 대지가
그 앙상했던 나무가 푸르름으로 옷을 갈아입는 것을 보면
가슴이 먹먹하고 기분이 좋습니다
참 좋은 봄입니다.

냇가에서

한적한 냇가에서 양말 집어 던지고
냇물에 발을 담근다
수양버들 늘어져 그늘 드리우고
더없이 평화롭다
발을 담그면 물고기 모여 발을 간지럽히고
옆의 돌멩이 위로는 고둥도 어디를 가는지
느리게 느리게 어디론가 여행을 떠나고
발 가까이에 왔던 물고기들은 긴장을 하고
나의 눈치를 본다
난 이 평화로운 냇가에서 많은 것을 얻어 간다.

힘찬 출발

세찬 비 그치니
울타리에선 참새 조잘대고
밭에는 호박넝쿨
담장 밑에는 박넝쿨
산에는 칡넝쿨
천하를 호령하고
뒤질세라
참외넝쿨도 용을 쓰는구나.

저녁 풍경

건너편
친구네 집 굴뚝엔 저녁 연기 피어오르고
우리 집
뒷산 대나무밭에는
새들 찾아들고
개울에선 송사리 뛰고
저쪽 밭길에선 아버지 소 끌고 오시고
신작로에선
형님도 풀한 가득 싣고 귀가하신다
고요한 저녁의 일상이다.

길 건넛집

길 건넛집 복사꽃
올해도 예쁘게 피었네
해마다 복숭아 얻어먹었는데
주인아저씨 갑작스레
돌아가셨네
올해는 복사꽃이 더더욱 예쁜데
주인아저씨는 소식이 없네
아 기다려지는 아저씨의 환한 모습.

살다 보면

인생을 살면서
때론 힘차게 뿜어내는 봄의 푸르른
나뭇가지처럼 살아가고
어떤 때는
겨울의 바짝 마른 낙엽처럼
버석거릴 때도 있다네
이런
두 가지의 양념이 있어야 화도 내고 웃음도 짓고
인생을 論할 수 있질 않겠는가.

한가득

이른 새벽부터
줄지어 목적지를 향해 떠나는 차량들
삭막한 회색 도시에
생명력을 불어넣는구나
동서남북 꿈을 찾아
순례하듯 떠나는 사람들
언젠가 그들 앞에
가슴 뭉클한 꿈과 희망을 한가득
안기를 간절히 바란다오.

즐거운 상상력

개인의 상상력이
나라의 상상력을 키우듯이
언제 어디서나 소박한 상상력이 필요합니다
친구와의 대화에서도
가족과의 대화에서도
아내와의 대화에서도 상상력이 필요합니다
상상력이 담대하고 거대한 것이 아닙니다
우리는
학자나 셀럽도 아니고 시민이기에 작은 상상력만 있어도
생활은 즐거워지고 아름답고 윤기가 흐릅니다.

오늘은 남편이 합니다

아내만 설거지를 해야 하나요
종종
남편도 설거지를 합니다
아내와 맛있는 음식을 먹고
정담을 나누고
식사를 끝냈으니
오늘은
남편이 기분 좋게
설거지를 합니다.

어찌하오리까

장수 막걸리 한 병 들고
산에 오르니
기분이 상쾌하구려
내가 좋아하는 소나무 밑에 자리 잡고
막걸리 한 모금 넘기는 이의 마음을
아는 사람은 다 알 거요
군데군데 솔씨 발아하여
예쁘게 돋아나는 모습을 보니
어느 여인보다 아름답고 어느 명화보다
더 걸작이고 산행의 품격을 더 한다오
이 작은 숲에서 느끼는 천상의 매력을
어찌하오리까.

의미 있는 사람

내 덕에
가족이
주변 사람들이
즐거워하거나 행복감을 느낀다면
난
충분히 재미형이고 의미형의 사람이 아닐까 생각합니다.

어머니의 흔적

산 밑 아래
떡 하니 자리 잡은 우리 집
집 가까이엔 사시사철
샘솟는 우물 하나 있었지
그 우물은 또한
내 어머니의 역사이기도 했었네
언 손 녹이며 빨래를 하시던 곳
물을 기러 가족을 부양하고
참으로 그 우물은 우리 가족의 역사이기도 했었지
작은 우물의 기적은
아름다운 우리 가족의 역사이어라.

애호박

밭 끝자락에 노오란 호박꽃이 피었습니다
호박벌이 열심히 들락거립니다
호박꽃도 예쁘지만
때론
애호박이 더
예쁠 때가 있습니다.

7월의 매력

칠월이라
칡넝쿨 미친 듯이
이 나무 저 나무 휘감아 돌고 돌 때
풀숲에선 벌레 소리 요란스럽고
태양은 뜨거워지고
대지는 타오른다
아 내 눈으로 목격하는
저 열정들을
내 몸에 담고 싶다.

그냥 자연밥상

잡초를 뽑고 물을 주고
보호목을 세우니
노오란 오이꽃이 예쁘게 피었네
꽃이 떨어지고 오이가 열리면
밥상은 푸짐하다네
고추장에 찍어 먹고
오이냉국도 해 먹고
오이소박이도 해 먹고
오이지도 해 먹고
이게 바로 자연밥상이 아니고 무엇이겠소.

아차산 2

아차산에 바람 불어 솔잎 흔들고
답이라도 하듯이
가벼운 새털구름도 귓속말 나누네
아차산 돌 하나하나에
나무 한 그루 한 그루에 사연이 있는 듯하고
정담을 나누며 산행을 하는 사람들 행복해 보여라
오늘
아차산의 모든 것이
아름답고 평안하고 포근하구나.

고향의 기억

해가 뒷산으로 넘어갈 때쯤
잔잔한 옥계천에
피라미 뛰어오르고
뚝방 너머 방한리 들녘엔
흰 왜가리 귀향을 서두르누나
집 앞
우물가에
어머니
빨래를 서두르시네.

콩나물의 전설

니스를 발라 노리끼리 잘 바라진 안방의 아랫목
그 옆엔 콩나물시루 가지런히 놓여있고
어머니는 정성스레 아침저녁으로 물을 주시고
콩나물은 그 정성을 아는 듯
대가리는 노랗고 줄기는 하얀 자태를 뽐내며
기가 막히게 커갑니다
콩나물을 한 움큼 뽑아 가마솥에 푹 쪄서
콩나물 무침 해도 맛이 있었고
국을 끓여 먹어도 예술이었습니다
이 콩나물의 전설이 그립습니다
어머니가 그립습니다.

힘내세요

달나라가 멀까요
희망이 멀까요
달에 가보지는 못하지만 보입니다
허나 희망은 있다고 설파하지만
보이지 않고 가볼 수도 없네요
희망으로 가는 길은 멀고도 아찔한 길입니다
모두 힘내세요
희망을 서서히 만들어 가세요.

겪어봐야

내리는 눈은
아름답고 포근해 보이지만
만지면 차갑습니다
사람도
마찬가지입니다
선한 사람 같지만 그렇지 않고
악한 사람 같지만 포근하고 정이 넘칩니다
세상은
불행하게도
겪어봐야 압니다
슬픈 일입니다
그게 인생이고 삶이랍니다.

흔적

싫든 좋든
지나간 세월을
농축해서
담가 놓은 것이 인생이다
아름답기도 하고 거칠기도 하지만
훌륭한 흔적이고 인생의 역사이다.

살아가려네

육십을 넘어 칠십으로 달리니
마음은 조급하고 몸도 낡아가네
이제껏
걱정은 있었으나 그럭저럭 담백하게 살아왔는데
어딘가 모르게 허전한 마음은 무엇일까
보이지 않는 남은 인생 걱정되지만
지금껏 살아왔던 것처럼
때로는 거칠게
때로는 둥글게 타협하며
때로는 포근하게
때로는 냉정하게 살아가려네.

인간이란

전문가든
일반 사람이든
한 번쯤은 탐구하고 싶은
평범하고도 보편적인 주제가 아닌가
인간이란
탐구하고 싶은 영역이다.

다른 삶의 철학

어쩌면
삶을 살아간다는 것은

내 에너지를
내 의지를
내 열정을 잠시 묻어두는 것

그래서
삶은 인내하고 좌절하고
성취하고 환호하는 것

삶이 별것이던가
각자
스스로 가는 속도로
스스로 자기의 이야기를 펼치는 것
삶은 누구나 똑같은
삶을 살 수 없기에.

사라진 용화

아차산 중턱에 자리 잡고
소주와 막걸리 기울이며
세상을 論하니
천상이어라
때마침 올라온 소나무 새싹이
우릴 보고 미소를 짓고
소주와 막걸리가 떨어질 때쯤
화투 놀이가 시작되고
원고 투고 쓰리고 피박에
웃음 만발하고 술이 약한 용화는
기영이 동호 친구를 뒤로하고
어디론가
사라지는구나.

되돌릴 수 없는 시간

시간이 지나면 되돌릴 수 있는 것이 많지 않다
하므로
각자의 思想과 哲學으로 人生을 살아가야 한다
그것은
모든 사람에게 해당한다
사람은 각자 진솔한 삶의 知覺이 있기 때문이다.

친구 정진건의 낚시

새벽에 낚시하러 간 진건 친구는
시간 가는 줄 모르고 忍苦의 낚시를 하네
고기는 안 나오고
벌써 해는 서산으로 넘어가고
으슥한 밤이 오는데
친구는
어망에 고기보다는
달빛 별빛만 가득 담아
가벼운 발걸음으로 집으로 향하네.

감성은 감성 이성은 이성

사랑은 모든 것을 이긴다고 하지만
生活苦는 이기지 못하듯이
사랑으로 모든 것을 포용한다는 것은
만용이 아닐까 싶다
그만큼
현대사회에서는 정신적인 것도 소중하지만
물질적인 가치도
간과해서는 안 되는 사회다
감성은 감성대로
이성은 이성대로 잘 비벼서 먹읍시다.

슬프다네

이곳저곳에서
어디론가 떠나가는데
나도 가야지
하지만
어디로 가야 한단 말인가
그래서 늙은 사람의
꿈은 슬프다네.

난 갈라네

여보게 잘 있게
난 갈라네
이래저래 말 많은 세상
이제 떠나려네
자네들끼리 마무리하게나
자넨
내 마음 알겠나
이해할 수 있겠나
자네마저 몰라주면
내
뒷모습이 자꾸 슬퍼질 것만 같아서
난 갈라네.

그래서 살아간다

의미를 부여하든 안 하든
속절없이 세월만
이곳저곳으로
둥둥 떠다닌다
세속의 정은 메말라가지만
마음속에 일렁이는
감정은 아직도 살아있기에
내가 살아간다.

나만의 Signature

여행하고 싶은 나라
가고 싶은 장소
공이 잘 들어가는 골프 코스
내가 좋아하는 글귀
내가 좋아하는 산
내가 좋아하는 음식
내가 좋아하는 꽃
내가 좋아하는 사람
내가 좋아하는 음악
그 외
내가 좋아하는 것들.

흐르는 시간

시간이 흐르니
빈 술병만 늘어나고
시간만 재촉하는구나
늘어진 테이프처럼
반복 재반복되는 단어들
진부하지만 가끔
친구와 술과 함께 세월을 낚는 것도
월척 낚는 것만큼
행복하여라.

뒤돌아보는 시선

독서를 하는 것은
문제의식을 느끼고
성찰하자는 것인데
난 정보와 지식의
최종 소비자로서
문제의식을 느낀 채
성찰을 하고 있는지
늘 되돌아보지만
되돌아보는 시선은
아픕니다.

지금껏

육십 평생
거칠게 살아왔든
조신하게 살아왔든
인생과 삶의 달콤한 맛과 쓴맛을
느끼며 살아왔을 터
인생과 삶이란 것은
종합 예술이기에
생각하기에 따라서
느끼기에 따라서
인생과 삶의 작품이 다르기에
나는 지금껏 부족하지만
명품이란 작품을 만들기 위해 노력하며 살아갑니다.

됐나 이 사람아

용화는 세월을 잃었지만
인생의 참맛을 얻었다네
그 누가
용화의 세월을 물으면 이렇게 이야기하고 싶다네
세상을 살아볼수록 알 수 없는 일뿐이고
가늠할 수 없는 여정이라고 이야기하고 싶다네
됐나 이 사람아.

서점에서

모든 사람을 언제나 기다리는 서점
귀퉁이에서 독서에 심취한 아이들
엄마 아빠와 책을 고르는 아이들
책을 꺼냈다 넣었다 하는 어른들
수많은 책
수많은 제목의 책
서점에서의 시간은 지적인 순간이다
책을 구매하든 안 하든 한 달에 한 번쯤은
놀러 가는 서점
평화롭고 아름다운 공간이다.

즐거운 단어일 뿐

사람들이 행복하다고 느끼지 못하는
이유는 뻔합니다
행복을 소유하고 싶어 하기 때문입니다
사람들은 이야기합니다
행복은 소유하는 게 아니라 느끼고 감동하는 것이랍니다
사람들이 행복에 집착하기에 행복은 저 멀리 떠난답니다
행복은 가질 수 없는
그냥 즐거운 단어일 뿐이랍니다.

理由(이유)

언제나 거침없이
내
미천한 상상력을 뛰어넘는
자연의 감동
이게
자연이 사람에게 주는
최고의 선물이자
자연과 함께 살아가야 하는 理由다.

길가의 무덤

길가의 무덤
무너져내린 봉분은
영겁의 세월을 알리고
봉분 앞
돌덩이만 무덤을 지키고 있네
정성껏 돌봤던
孫들은 어디에 있는가
뭐
사람 사는 세상 다 그런 거지.

뭐라도 줬어야지요

2년 동안
금강산 관광도 안 주고
개성공단도 안 주고
대한민국은 무엇을 했는가
평창에서
판문점에서
평양에서
서울에서
악수하고 사진이나 찍고
이게 답니까
어렵다는 북한을 도와줬어야지요
줄 듯 말 듯 약만 올리고 감성적으로 접근했으니
북한이 화를 낼만 했습니다
먹고살기 힘들다고 이성적으로 부탁했는데
대한민국은 바가지를 차버린 꼴이 됐죠
이게 자유를 평화를 강조한
대한민국 민주주의의 한계가 아닐까요
언제까지 될 거야 기다려 봐 잘될 거야
평화가 오겠지 해결되겠지를 외칠 건가요
뭐라도 달라는 북한에 뭐라도 줬어야지요.

生前에

부모님 살아계실 때 속 썩이고
그렇게 불효하더니
부모님 돌아가시니
큰 묘지에
비석 세우고
석물 세우면 뭐 하겠소
다 부질없는 짓이라오
부모님 살아생전에
한 번 더 찾아뵙고
한 번 더 안부 전화 드리고
한 번 더 송금해드리면 좋을 것을
돌아가신 후
비석 세우고
석물 세우면 무얼 하겠소.

숲속 이야기

큰 나무들이 풀들에게 윽박지른다
느그들은 언제 나와 나란히 할 거니
풀들이 반론을 제기한다
난 여기가 좋아
느그들은 서 있어서 힘들 테니까.

오디

마늘밭 옆
뽕나무의 오디
탐스럽게 익어가니
봄의 끝자락이로구나
나무에 냉큼 올라
오디를 한 움큼 따 먹으니
입가엔 신제품 루즈를 바른 여인 같고
봄은 그렇게 그렇게
익어간다네.

부부 1

같이의 價値
價値의 같이
뭐
대충 이런 게
결혼하고 아이 낳고 가르치고
출가시키고 손주 보는 게
평범하지만
이게 老부부의
같이의 價値다….

볼 수가 없다네

어릴 적 넓은 마당엔
어미 닭과 병아리가
온종일
구더기
지렁이
落穀을 찾아
마당 텃밭 뒤꼍을 휘적거렸는데
이제는 마당과 뒤꼍은 콘크리트로 변했으니
그 아련한 풍경은 볼 수가 없다네.

山의 美學

강원도의 이름이 있는 곰배령이든
충남 청양의 이름 없는 야산이든
곳곳에 아름답게 피는 야생화
기이하고 신기하고 사람들을 흥분하게 만든다
어떻게 알고 찾아왔는지
꽃이 나비와 벌을 유혹하지 않았을 텐데
이미 벌과 나비는 꽃과 입맞춤하고 교감을 나눈다
이 아름다운 자연의 광경에 용화는 반한다
이런 현실의 장면들이 理性을 찾아주고
야산의 美學을 만들어준다.

아이러니(국가는 왜 실패하는가)

왜
지도자라는 사람은
권력을 가진 사람은
왜
자기가 옳다는 전체주의적 사고로 직진할까
포퓰리즘
진영 보듬기
우리가 최고
통계
세금
배타적 사고
나누어 먹기 왜 그럴까
가질 건 다 가진 권력자가
모든 것을 쥐락펴락하는 위치에 있는 자들이 왜 그럴까
해서 이런 책이 있다
국가는 왜 실패하는가.

그럼에도 불구하고

그럼에도 불구하고 그는 장가를 갔다
그럼에도 불구하고 그는 이혼을 했다
그럼에도 불구하고 친구는 집을 팔았다
그럼에도 불구하고 돈을 꿔주었다
그럼에도 불구하고 대통령은 민심을 읽지 못했다
그럼에도 불구하고 민주당과 통합당은 그를 공천했다
그럼에도 불구하고 그는 떠났다
그럼에도 불구하고 그는 대학을 떠났다
아
이놈의 그럼에도 불구하고.

도시의 땅

빽빽하게 들어선 도시의 건물
무게는 얼마나 나갈까
도시의 땅들이 불쌍하다
그
무게를 온몸으로 받아들이니
그저
고마울 따름이다.

기계와 살고 있다네

인간과 AI가 월급을 나누고
상생하는 시대가 왔다네
상상도 못 했고 이해하지도 못했던
시대가 우리 앞에 왔다네
어이 할까나
기계와 인간 인간과 기계의
협업 시대 상생의 시대
오히려 AI가 돈을 더 벌어
사람과 나누는 시대 이 신세계에
어리둥절하고 이상하지만
인지하고 받아들여야 하는 시대에 살고 있음을
알아야 한다네
우리는 아주 좋은 시대에 살고 있지만
어딘가 씁쓸한 생각도 든다네
자네는 어떻게 생각하는가.

어느 봄날

사회가 우울하고 답답하다
따라서 나도 멍때리는 날이 많아질 때
어느새 봄꽃이 피어
천지가
꽃 세상이 되었다
순간 우울 답답함 멍이 사라졌다
봄꽃이 사람 한 명을 살렸다.

상처

우리는
늘
상처를 안고 살아갑니다
그러나 늘
상처는 치유되고
소생합니다
피가 나면 마데카솔을 바르고
후시딘을 바르듯이
우리의
아픈 상처는 치유됩니다
그래서
인생은 살아갈 맛이 난답니다.

變化

가을의 상징인 코스모스
과연 코스모스는 가을에 피는가
아니다
근래 들어서는
봄에도 피고
여름에도 피고
이제
코스모스마저도
Digital 시대
AI 시대에 살고 있는 것이다.

흔적

어릴 적 친구의 집터는
온데간데없고
잡초만 무성하구나
비바람 불면 이리저리
흩어지는 옛 흔적들
덧없이 흐르는 세월
아
나도
언젠가는 빈터이겠지.

모든 감독에게

監督 볼 감 감독할 독
축구 감독이든
야구 감독이든
영화 감독이든 대단한 사람들이다
사전상으론 볼 감에 감독할 감인데
이 직군의 전략 전술 예리함 상상력 통찰력에
無限 박수를 보낸다
어디서 그렇게 상상력과 통찰력을
뿜어내는지 경의롭다
그 많은 직군의 감독들이 세상에 존재하므로
구성원들은 늘 비평을 할 수 있는 능력이 생기고
감탄과 공감 능력을 키울 수 있다
감독들에게 늘 고마움과 찬사를 보낸다.

부부 2

부부의 사랑은 서로가
합을 이루어야 오래 멀리 간다
부부의 사랑은 타령이 아니고
실천이기에
늘 사랑은 함께하는 저렴하고도
능동적인 지혜가 필요하다.

세상은 편리하고 좋아졌는데

누구나 세상이 좋아졌다고 노래를 하는데
웬일일까요
여기저기서 아귀다툼은 더해가니 말입니다
정치 경제 사회가 그러하고
가족 관계가 그러하고
인간관계가 그러합니다
매우 우려스럽습니다
좋아지고 편리한 세상
인적 관계도 좋아졌으면 합니다.

변기의 융통성

모든 것을 감당한다
인간의 자연적이고 원초적인 부분을
담당하는 변기
배설하고 토하고 뱉고
이 모든 것을 담당하고도 남아
더 많은 것을 나에게 맡기라고 늘
당당하게 입을 벌리고 있다
그러나
변기의 융통성을 이어가려면
변기도 늘 닦아야 융통성을 발휘한다는 사실이다.

경제란 놈

단순하게 소박하게 이야기해보자
호황 불경기
이 두 가지 단어만 들어도
가슴이 뛰고
5천만 국민이 설왕설래한다
사람의 생명과 밀접한 관계가 있고
사람 사는 세상을 뒤흔들어놓기도 한다
환호를 지르게 하고
나락으로 밀어내기도 한다
이놈의 경제가
국민을 들었다 놨다 하니
경제란 놈은
어마하게 무서운 놈이다.

아직 살아있습니다

파릇파릇
새싹이 돋고
봄꽃이 피기 시작하면
가슴이 콩당콩당 뜁니다
육십 된 가슴이지만
아직 살아있습니다.

때가 되면 알겠지

뭐 있겠어
서로가 걱정하는 것이
사랑이고 관심이고
애정이고 바라봄이지 내가(김용화)
어려서는 부모님의 걱정과 보살핌 사랑이
자양분이 되어 건강하게 자랐고
내가
어른이 되어서는
자식을 걱정하는 것은 당연한 것인데
내 자식들은 부모의 마음을 알까 모를까
나도 그랬듯이
믿는 구석은
내 자식도 자식을 낳아 기르면 알지 않을까
때가 되면.

대한민국 대통령

대한민국 대통령들
화려하고 폼 나게 출발했지만
국민에게
엄청난
상처만 주고 떠났다.

이게 뭡니까

영남과 호남
호남과 영남
이게 뭡니까
충청도 정도는 되어야지요
싹쓸이 당선 뭡니까
이 몹쓸 전체주의적 싹쓸이
전라도 경상도에 나온 사람들이 그리도
뛰어나고 완벽합니까
다른 당에선 아예 후보도 못 냅니다
이 무슨 작태입니까
그래도 대한민국의 中原인 충청도쯤은
되어야지요
나누어준다고 폄훼하지 마세요
어정쩡하다고 폄훼하지 마세요
이게 충청 중원의 절묘한 신의 한 수랍니다
모 아니면 도의 극단적 선택만은 안 됩니다
생각 좀 바꾸어주세요.

타협의 美學

나는 할 수 있다
나는 성공한다
나만 이룰 수 있다
이런
강박 관념이 스스로를 망가뜨린다
쓸데없는 신념을 버리고 살자
비굴한 것 같지만
적절한 타협은 삶을 꿀 떨어지게 만든다
이것이
타협의 美學이다.

부부 3

부부는
동선이 일치할수록
마음의 거리는 짧아지고
사랑도 깊어집니다
아내에게
아는 것도 물어보는
속물근성이 필요합니다.

꿈 그리고 현실

어쩌면 사람이면 누구나
학처럼
올라갈 때도 아름답게
내릴 때도 아름답게
모양새를 갖추고 싶어 하지
아픈 학처럼 파닥거리고 싶은 사람이 어디 있으랴
그러나 사람의 현실은 아름답지만 않고
늘
부침이 있는 게 사람이 사는 세상이 아니던가
언제나 아름다운 꿈만 꾸지 말자
철저히 현실에 부합하는 꿈을 꾸고
그 꿈에 물을 주고 거름을 주어보자꾸나.

늙음의 증후

나이가 절어서는 뭉치기도 잘하고
의견 통일도 잘 이루어지고 했는데
나이를 먹어서는 화제가 한 가닥으로 모이질 않고
자꾸만 잘게잘게 쪼개지는 것은 보면
늙어가는 게 분명하다
주변에 배려심이 궁색해지는 원인이 무엇일까
소외감과 平靜心의 흔들림이 아닌가 의심해본다.

살아 움직일 때 최고

제아무리 좋은 향기를 내뿜는
꽃이라도
꺾으면 향기를 낼 수 없듯이
사람도 그러합니다
건강해도
부자라도
행복해도
언젠가는 경계를 해야 하는
이런 장면들이 찾아옵니다
블랙스완이
그레이 라이노가
대칭이 아니고 비대칭이
가역성이 아닌 비가역성이
찾아오기 때문입니다
꽃은 피어있을 때 최고이듯이
사람도 살아 움직일 때 최고입니다.

아이러니

즐거우려고
편하게 산다고
행복해지려 외롭지 않으려
발전에 발전을 거듭한 인류
어찌 된 일인가
세상이 발전하면 발전할수록
인간은 더
외로워지고 있으니
웬
아이러니인가요.

살아가는 이유

의미가 있다
생각하고 실행한다
뭔가 있어 보인다
결과가 있다
가슴이 뛴다
사랑이 숨 쉰다
몸이 가볍다
무엇에 대하여 논할 수 있다
이래서 살아갈 명분이 있다.

고독을 잃어버린 시간

바쁜 일상을 살다 보면
고독을 잃어버리고 살아간다
좋은 의미에서의 고독
반대 의미에서의 고독이든
사람은
고독을 잃어버리고 살아갈 수 있을까
바쁘다는 이유로
삶에 지쳐버린 상태로
어떤 때는
고독을 잃어버리지 말고
고독을 안고 사는 것도
나름의 의미가 있지 않을까.

다른 시간 다른 곳에서

보이지 않은 곳에서
위기 너머에서
각각의 시간 장소를 뛰어넘어
각자의 개성과
각기 다른 특성을 살려
열심히 삶을 살아가는
모든 분에게 응원을 보냅니다.

Analogue的 美學

민속촌의 아궁이를 바라보는 것도
멍석을 바라보는 것도
마루 끝에 걸려있는 요구르트 우유를 바라보는 것도
소나무 밑에 수북이 쌓여 솔고루를 보는 것도
솔방울을 보는 것도 좋다
오래된 장독대
검정 고무신 계단 위에 흙 묻은 장화를 보는 것도
텃밭의 호미와 낫
헛간의 쟁기와 삼태기도 좋고
이 모든 것에는 내면의 마음을 채우는
아날로그적 미학이 숨어있다.

얻어걸린 생각

머릿속에서 24시간
맴돌다 사라지는
쓸데없는 생각들
쓸데없는 상상력 속에서
때론
쓸만한 생각도 얻어걸린다
그것으로 만족한다.

야구 같은 人生史

최고의 투수라고 매회 스트라이크만 던질 수 있겠나
최고의 타자라고 매회 안타와 홈런을 쳐낼 수 있겠나
1루에 나간 선수라고 매번 도루를 할 수 있겠나
수비수라고 매번 날아오는 타구를 잡을 수 있겠나
때론 에러를 파울을
스트라이크 아웃도 당하지요
그게 사람 사는 세상입니다
야구처럼.

한밤중의 매력

홍천 밤하늘에
밝은 달 비추네
달을 부러워하듯이
뭉게구름 달 막아서니
잠시 하늘은 어두워지고
구름 지나니 다시
달빛 아름다워라
회색 도시의 고단함을 잊고
한없이 바라보네
이게
한밤중의 매력이라네.

어머니의 소박한 바늘쌈

벽장에 간직했다가
때때로 꺼내 쓰시던
어머니의 보물 바늘쌈
아버지의 바지저고리를
가족의 이불을
자식들의 내복과 양말을
꿰어주셨고
그 어려운 솜이불을
한 땀 한 땀 실로 엮고 꿰어
한 가족을 번듯하고 멋지게 알뜰하게 챙기신
어머니와 바늘쌈의 역사
지금도
아내가 가끔 꺼내 쓰는 멋진 바늘쌈을 보면
어머니게 선물해드리고 싶은 마음이 간절하게 다가옵니다
어머니 생각이 많이 나는 바늘쌈입니다.

이럴 줄 알았으면

축복받고 화려하게 태어났는데
죽어서는 뭘 그리 잘못했다고
흙으로 덮고
돌로 누르고
불로 태우고
버리고 뿌리고 참
독하기도 하여라
이럴 줄 알았더라면
태어나지 말 걸 그랬어
세상에 태어날 때는
축복받고
환영받았건만
이 기가 막힌 인생 막전 막후의 인생사.

삶에도

삶에도
더하기 +
빼기 −
곱하기 ×
나누기 ÷가 있다
그래서 삶도 때론 수학적이다.

부모님의 흔적

부모님은
무덤에 계시지만
지금도 淸陽 本家에 가면
부모님이 계신 듯합니다
장독대
저더러 밭
헛간
집 앞 샘물터
외양간
집 앞 논두렁
어머니
아버지가 계시던 방
이 모든 곳이
잊을 수 없는
부모님의 소중하고 가치 있는 정신적 흔적들입니다.

어머니 생신에

오늘은 어머니 생신입니다
가족이 모여 기다립니다
어머니 엄마 언능 오세요
앉으세요
미역국이 케이크가 기다립니다
어머니는 아직도 안 보이십니다
다락 부엌 광
밭을 왔다 갔다 하십니다
자식이 뭐라고
자식이 떠날 때
한 보따리씩 싸주시려고
이곳저곳을 반복해서 왔다 갔다 하시기에
자식들은 난감합니다
어머니, 오늘은 생신날입니다
오늘은 제발 좀 쉬세요
쉬긴 뭘 쉬어
너희들이나 맛나게 먹어라.

받아들이는 여유

가을비 세차게 내려
흩어진 낙엽을 쉼 없이 때리고
여름날 휘파람 불던 풀벌레도 힘들어하며
꿈틀꿈틀 어디론가 가엾이 떠나네
흐르는 세월 사람이라고 별것 있게나
그 누군들 시간을 묶어두랴
하루 멀게
늘어나는 흰머리
늘어나는 주름
늘어나는 병원행
누군들 막으랴
모든 것을 세월에 맡기고
받아들이는 여유를 가집시다.

첫 키스

가장 떨리고 흥분되고
큰 울림이 있고 어설프고
감동과 아쉬움이 함께하는
순간이었다
첫 키스.

뭐가 또 있겠는가

정확하게 목적지를 향해 떠나는 기차처럼
인생도 태어나자마자 목적지를 향해 떠난다
영유아 시간을 지나고 젊은 시절을 맞고
사회생활을 하고 결혼을 하고 아내와 자식
단란한 가정을 꾸리고 중년을 지나
세월의 맛을 느낄 나이가 되니
묵직하게 다가오는 세월의 무게에
숙연해지는 것은 무엇일까
가야 할 목적지가 확실해서이겠지
뭐가 또 있겠나.

텐데의 미학

좋아져야 할 텐데
힘들어질 텐데
따라와야 할 텐데
성과가 있어야 할 텐데
건강해야 할 텐데
기뻐해야 할 텐데
나아져야 할 텐데
이것이 텐데의 미학이다.

개와 고양이의 역습(정도껏 하자)

도봉산 중턱에 개와 고양이가
북한산 중턱에 개와 고양이가
아차산 정상에 개와 고양이가
북한산에 개와 고양이 밥이
도봉산에 개와 고양이 밥이
아차산에 개와 고양이 밥이
그렇게 쓰다듬고 이리와 사랑해 아이고 예뻐 잘한다
목욕을 시키고 정성스레 밥을 챙기고 하더니
이게 무슨 상황인가
이 빌어먹을 세상에나
정도껏 하자.

안타까움

꽃나무가 죽었다
내
작은 정성으로
그들을 수용하기엔
내 정성이 너무나 작아 보인다
꽃나무에게 미안한다
나무들이 힘겨운 시간이 지나가고 있다.

일요일 저녁에

휴 지났다 하는
안정된 마음
조금은 들떠있는 속칭
불금이라는 금요일입니다
월 화 수 목 금 열심히 치열하게 보낸
5일째입니다
내일은 토요일이고
모레는 일요일입니다
때론 계획적으로 알차게
때론 무계획적으로 얼렁뚱땅 보내기도 합니다
토요일을 보내고
일요일 저녁에 혼란스러운 시간이 찾아옵니다
과연 난
이틀 동안 무엇을 했는가라는 스스로의 질문에 답답합니다
20대 아들에게도 대화 겸 독백을 한 적도 있습니다
아들아!
이게 아버지 주말의 후회라고
이 말에 20대 아들은 무슨 상상을 했을까요
일요일 저녁에.

과연

佛教와 教會
세상을 위한
禮拜를 禮佛을 하는가
오직
믿음이란 미명 아래
나
우리 가족
우리 편을 위한
祈福信仰에만 전념하는가
세상을 위한
정의를 위한
함께를 위한
예배와 예배를 하는가
과연.

부부 4

엄청나게 똑똑하고 지적이고
수학적일 필요 없다
늘 가까이에 함께하면 된다
소소하게
진솔하게
평정심을 유지하며
늘 부드럽게 냉철하게
스피커를 자주 사용하면 된다
이게 부부의 세계다.

추억

이곳저곳에서
벚꽃 진달래 만발할 때
부모님 무덤 앞에
엎드려 절하니
옛 추억 그립습니다

옛 모습 어디 있나요
무덤 뒤 뎀봉산
무덤 앞 개울은 말없이 세월을 반추합니다.

부부 5

부부란
늘
엉덩이를 붙이고
조잘대는 것이다
시간이 갈수록 말이 트이고
웃음이 넘쳐나고
때론
짙은 사랑도 떨어지고
수없이 많은 게 떨어진다
이게 바로
부부의 세계입니다.

다시 한번 생각해보게나

친구!
다시 한번 生覺해보게나
우기지만 말고
그러면 내 의견에 동의할 수도 있을걸세
자네는 명석한 두뇌를 가졌고
어려운 문제를 풀 수 있는 방법을
이야기할 수 있을 테니까 말이야
다시 한번 생각해보게나.

말은 쉬운데

잘못된 행동은 바로 반성하고
바로 쓰레기통에 버리자
그게 바로
똑바로 가는 길이다
반성이 늦으면 늦을수록
혼란을 부추긴다
그게 바로 가치 있는 삶의
첫 걸음마이기 때문이다
허나
이놈의 반성
말과 생각은 쉬운데
늘
아쉬움을 남긴다.

삶

바둑은 바로 復棋를 할 수 있지만
삶은 그럴 수 없다
왜
오직 한 번이고
복기하기엔 시간이 기다려주지 않기 때문이다.

포기와 그만둠의 美學

때론
포기도 합시다
때론
그만둡시다
매달린다고
집착한다고 됩니까
때론 포기하고 그만두기도하고
이게
사람 사는 세상입니다
이것 또한
포기의 美學이고
그만둠의 美學입니다.

생각의 나무

생각이란 놈은
나무의
곁가지일까요
잔가지일까요
아니면 한참 커가는
나무일까요.

밥상머리

오늘도
반찬 수만큼이나
많은 이야기가 오고 간다
긍정과 부정
칭찬과 격려
가끔은 디스도 오고 간다
오늘도
밥상머리에서는
많은 이야기가 생성되고 사라진다.

연어와 人間

고향이 그립다고
누구나 그리워하지 않는다
연어도 고향을 찾지만
때론
곰을 피해서 타향을 찾아 떠난다
사람도
고향보다는
타향에서 뿌리내리고
열심히 살아간다.

巨木

어느 곳을 가나
높게 반듯하게
풍성하게
자태를 뽐내는 거목이 있다
그
오랜 세월을
당당하게 견뎌내었는지 묻고 싶다
거목 옆을 지날 때마다
흐뭇함
묵직함
담대함을 느끼니
나무에게 고맙다.

아버지는 말씀하셨지

아버지는 말씀하셨지
술은 적당히가 없고 늘 넘치거나
늘 모자란다고
욕망은 더 큰
욕망을 부르듯이
과연 사람은 적당히를
추구하며 살아갈 수가 있을까.

70

알면서도

살아가면서
분명히 알고 있는 것은 이거다
먼저 전화하고
먼저 다가가고
먼저 입을 열고
먼저 전달하면 세상이 열린다는 것을
그러나
알면서도 외면한다
왜 그럴까.

다음에

오랜만에
강릉 앞바다에
아내의 이름을 썼다
그러나
아내가 보기도 전에
파도가 쓸어가 버렸다
이런 젠장
다시 쓸까
다음에 쓸까.

농익은 달달함

우리 부부에게도
때론
세상 달달 할 때가 있소이다
달달한 것은 젊은 부부에게만 있는
전유물이 아니라오
뒤집어 보면
우리 부부의 농익은 달달함이
순도 높은 달달함이 아니겠소.

부부 6

오천만 사람 중에
둘이 만나
늘
말을 하고
식사를 하고
피부를 맞대고
사랑을 나누고
자식을 낳아 기르고
인생을 노래하니
얼마나 사랑하는 부부일까.

아름다운 세상

꽃이란 꽃은
왜 그렇게 다 예쁠까
아무리 생각해도
기분 좋다
사람의 세상도
꽃처럼 예뻤으면 좋겠다
세상도
아름다운 세상일 테니까.

이래도 되나

바퀴 1개
바퀴 2개
바퀴 4개에 목숨 걸고 이리저리
잘도 돌아다닌다
이런 기계들이
사람을 이끌고 다니다니
때론 아찔하고
겁이 난다
사람이 이래도 되는지.

인생이 그런거지 뭐

꼭
한번은 죽는다는 인간
후회 없는 인생을 살 수 있을까
불가능한 일이다
그러니
현실과 타협하고 살자
이게 인생의 반론이라면
큰 오산일까
인생은 그런 것이다.

밭의 人文學

작고 거친 텃밭이지만
그곳엔
수많은 이야기가 숨어있다
싹을 틔우고
꽃을 피우고
열매를 맺고
수많은 생명이
조화를 이루며 함께 살아간다
이게 사람들이 배우고 깨우칠 게 많은
밭의 人文學이다.

자연의 美學 기다림의 美學

지난주에도 보았는데
또 보고 싶다
궁금하다
기다림이란 그런 거다
새싹
꽃
나무
뒷산의 장뇌삼 몇 포기
마늘종
블루베리 등
모든 게 보고 싶다
이것 또한 기다림의 美學이고 자연의 美學이다.

잘 익은 배추김치

짭조름하고 시원한 동치미
깔끔한 된장국에 소소한 이야기를 나누며
저녁 한 끼를 채우는 것은 여유 있는 시간
설거지쯤이야 뭐가 문제인가
소소한 행복이 집안에 돌아다니는데.

인간의 몹쓸 짓

뭘 그리
잘 관리한다고
멋지게 잘 큰 가로수에
동전 두 배 크기의 금속에 번호를 매기고
못질을 했는가
길을 걸을 때마다
나무에게 미안하다
나무 깊숙이 파고드는 금속
가로수는 관리를 받는 게 아니라
오늘도
고통을 호소하고 있다.

난 바보

나 자신에게
질문할 게 너무 많다
어떤 때는
Burnout할 정도의
무게감으로 다가온다
그만큼
난 바보다.

아쉬움

그 많았던
미루나무 꿩
뜸부기 꾀꼬리
새 뱀 송사리
가재 물방개
두꺼비 맹꽁이 등
다
어디로 갔는가
아쉽다 아쉬워.

비 오면 어때

봄비에 텃밭은 질척질척
장화도 받아들이지 않고
그렇게
흐드러지게 피었던 벚꽃도
언제 그랬냐는 듯
봄비에
떨어져 꼴 보기 싫고
오늘은
뒷산의 두릅이나 따서 먹고
서울로 가야겠다.

살아 있다

사계절 자연을 보면
몸이 먼저 움직이고 싶어 한다
머리
가슴이 콩당거리고 뛴다
뭔가 하고 싶고
뭔가 쓰고 싶고
느끼고 싶은데
거기까지다
그래도 다행히
몸과 마음이 살아 움직이니
난
살아 있다.

가고 오는 길

같은 길을 왔다 갔다 해도
감응은 늘 다르게 다가온다
어떤 날은 밀리고
어떤 날은 수월하다
이게
길의 매력이기도 하고
삶의 여정과도 꽤 닮았다.

가족 그러나

늘
살갑게 살아가는 가족
행복과 평안함을 위해 항해하는 가족
그러나
서로가 같은 방향으로 항해하지 않을 때
가까운 사이가 아니고
가장 먼 사이가 됩니다
그러니
가족은
썩은 동아줄로 황소 다루듯 해야 합니다.

느닷없이

일 년에 몇 번이나
가슴 찡하고
감격하고
온몸에 전율을 느끼는
맛을 보며 살아갈 수 있을까
그러나 찾아오곤 한다 어우
느닷없이 찾아오는
감격이 가슴을 울리고 가치를 더한다.

5월의 美學

연초록이 세상을 감싸니
마음이
넉넉해진다
이
찬란한 5월 중심에
난
무엇을 해야 할까
5월만큼은 혼란을 뒤로하자
바라만 봐도
요리조리 쳐다봐도
상상 이상의 기쁨을 주는 5월
이게
5월의 풍요로움이고
5월의 美學이다.

지는 것이 인생이다

태양은 동해에서 뜰 때 웅장하고
서산으로 넘어갈 때 아름답고
인간의 탄생은 기쁘고 아름답고 환장하는데
지는 인생은 그러하지 못하는 게 현실입니다
그게 인생이기에 의미가 있답니다.

제비꽃

제비꽃의
아름다움을 오십이 되어서야 알았다
자주색
하얀색
노란색
이 꽃들은
돌 틈 사이
보도블록 틈 등
좀 짠하고 고단한 곳에서 살아가지만
꽃의 아름다움만은
최고다.

바보처럼

어머니 품에서
나왔지만
어디로 갈지 모르는 인생
바보처럼 생각해보네
어머니 품으로 다시 돌아갈까
아 가엾은 용화야
이미 어머니는
세상에 안 계시다네.

저울

걱정을 말아요
언젠가는 균형을 이루고 있을 테니까요
사람들은
늘
불균형이라고 생각하고 손해 본다고
생각하지만
어느 순간에 균형을 이루고 있습니다
저울은 잠시 불균형을 이루지만
답을 줍니다.

아차산 팔각정에서

화창한 가을에
아차산에서 유유히 흐르는 한강을 바라본다
아차산과 한강
한강과 아차산
오늘따라
기가 막히게 잘 어울리는구나
회색 도시를 포근히 감싸는 한강과 아차산의 여유와 배려
아차산과 한강의 포용력을 사람은 이해할까
자연과 도시의 절묘한 어울림을.

이제는 수비를

성과가 있었던
성과가 없었던
지금 와서 뒤돌아보니
공격만 했던 것 같다
성공하지 못한 공격
성공했던 공격
그러나 육십을 넘어서니
수비를 잘해야 할 것 같다
언뜻 보면 진부한 것 같지만
수비는 최선의 공격이라 하지 않았던가
모든 부분에서
수비를 잘해야 마무리를 잘할 수 있다는 생각이 든다.

부부 7

부부란
애정을 구걸해서는 안 됩니다
스스로 배려하고
보듬는
애정을 주고받아야 합니다
부부는
살아 움직이는 생물이기 때문입니다.

밀가루처럼

밀가루는 본디
부드러운 가루이지요
허나
거기에다 물을 붓고 이기고 으깨고
짓누르다 보면
강해집니다
이게 세상의 이치지요
때론
부드럽지만 강해지는 게 사람입니다
우리는
밀가루처럼 부드럽지만 강하게 살아갑니다.

때론 Janus

물도
때론 생명줄이지만
때론 사람을 모질게 굴기도 합니다
불도 마찬가지입니다
때론 사람을 먹여 살리지만
때론 모질게 아픔을 줍니다
세상은 Janus.

병각이와 옥계천

뒷산에서는
뻐꾸기와 꾀꼬리 울어대고
병각이는
막걸리 사러 도가에 가는구나
청나를 지나
옥계를 거쳐 예당으로 흐르는 물은
고기떼 불러 모으고
몇몇 강태공은
세월을 낚고
병각이는
매운탕과 막걸리로
세월을 낚는구나.

고향은 고향

고향 고향 하는데
고향이 있다고 모두가 다
고향을 그리워하고
고향을 가야 하는 것은 아니라네
고향은 고향일 뿐이고
늘 틀에 박힌 듯한 고향 고향 하지 말게나
고향은 고향일 뿐일세.

에헤라디야

비가
내리니
여기저기 예쁜 새싹 돋아나고
고운 나뭇잎
피어오르고
새들도
예쁜 소리로
짝을 찾는구나
에헤라디야
아름다운 봄은
이미 이만큼 와있었네.

친구를 좋아하는 방법

동호야 종인아
일영아 기영아
술 마이 먹지 마라
몸도 안 조타 카믄서
자아 한잔 바다라
그래
오늘만 마이 먹고
내일부터 조금만 먹자.

내 주식은

얼마 안 되는 주식
주식 그래프는 이리 뛰고 저리 뛰고
내 주식은
오늘도
오를 기미를 안 보이누나
스마트폰을 보고 싶지만
불안해서 볼 수 없다네
아이고
내 주식은
언제 오르는고.

交叉

봄 여름 가을이 가고
겨울이 찾아오니
산과 들이 공허하구나
늘 그렇듯
떠들썩함 뒤에 찾아오는
숨죽일 듯한 고요함
세상은 늘 그렇듯
떠들썩 고요함 환희 고요함이
늘 交叉하네.

나쁜 생각

이 길을 가도 사람
저 길을 가도 사람
온통 사람뿐이네
어느 날
한가로이 산행을 하려 했건만
산마저도 여의찮네
도시 한복판이나
산 중턱이나
혼잡하기는 매한가지
에라
다음에는 먼 곳으로 발길을 돌려야 할까
이거 또한
나의 나쁜 생각일까.

부모님의 흔적 2

옛 추억도
지나고 보면
헛된 꿈이지만 되돌아보면
지금도 살아있는 생명줄이라네
어머니와 아버지 같던
밭길
논둑길
지금은 영겁의 시간 속에 머물러 있지만
나이 육십이 넘어
그 길을 가면 아직도
정이 뚝뚝 떨어지는 것을 보면
어머니
아버지의 모습이 살아 움직이는 듯하니
아들로서는
고맙고 고마운 일입니다.

요런 재미

형제들한테 안부 전화를 했는데 반갑게 받아주고
오랜만에 친구와 반갑게 통화하고
장모님께 안부 전화를 드렸더니 반갑게 받아주시고
아내와 딸, 아들과 한강 변을 산책하다가
시내로 들어가 스벅 한잔 때리며 조잘대고
지난주에 뿌렸던 무 씨앗이 예쁘게 싹을 틔우고
이천 뒷산에 장뇌삼 씨앗이 예쁘게 익어가고
대략 이런 것들이 일상에 쏠쏠한 재미를 더합니다

그래서 우리는 소소한 요런 재미로 살아갑니다.

늘 이어지는 공간

소소하지만 강하다
평범하지만 지혜롭다
매일 기대치가 있고 새롭다
티격태격 대화가 오고 간다
늘 편안하고 따뜻하다
소통 타협 협치가 가능하다
부부가 함께하는 공간인 집
늘 작지만 큰 흐름이 이어지는 공간이다.

빌려준 권력

적폐를 외치지만
혁신에는 미적미적
정권을 잡았지만
섬세하고 실천적 사고는 없고
국민이 빌려준 권력은 펑펑 쓰고
진영 울타리는 더 높이 쌓고
상대방을 인정에는 인색하고
해서
사람들은 진보라고 쓰고 퇴보라고 읽는다는 우스갯소리가
시중에 회자 되는 아픔을 안고 살아간다.

자신의 몫

경쟁이 치열하고
도전이 거센 시대
살아가기 어렵지요
그러나 용기를 내세요
모두들 푸념해서는 안 됩니다
응석으로 문제가 해결 안 됩니다
선택에 대한
책임이 있듯이
모든 것은 자신의 몫이니까요.

산의 美學

강원도의 이름이 있는 곰배령이든
충남 청양의 이름 없는 야산이든
곳곳에 아름답게 피는 야생화
기이하고 신기하고 사람들을 흥분하게 만든다
어떻게 알고 찾아왔는지~~
꽃이 나비와 벌을 유혹하지 않았을 텐데
이미
벌과 나비는 꽃과 입맞춤을 하고 교감을 나눈다
이 아름다운 자연의 광경에 용화는 반한다
이런 현실의 장면들이 理性을 찾아주고
야산의 美學을 만들어준다.

산책

마음이 뒤숭숭하고
마음이 산만하니
어디든 가야 할 것 같다
한적한 강가나 밭길 논둑길이면 더더욱
좋을 것 같다
슬슬 움직여 보자.

종이학

대통령이나
정부 관료나
여당이나 야당이나
스피커는 늘 살아 있다
허나
날지 못하는 종이학처럼
통에 갇혀 있다
이들은 불통의 끝판왕이다.

용화의 호사

연초록의 5월
이곳저곳 꽃의 향연
화려한 계곡보다 작은 똘강의 올챙이
논의 개구리 울음소리
벌과 나비의 날갯짓
파꽃의 소박함
이들이
도시 촌놈 용화하고 잘도 놀아준다
이처럼 기분 좋은 일이 어디 있겠나
도시 촌놈
용화는 오늘도 봄의 호사를 누린다.

마음만은

인간의 삶에 있어서
몸뚱어리는 병들어갈 수밖에 없는 게 현실이지요
그게 자연의 순리입니다
다만
살아가는 동안
마음마저 병들어간다면 어찌하겠소
허니
마음이라도 천천히 아파갑시다
'마음은 굴뚝 같은데'라는 말을 되새기며 말입니다.

때론

사람은 누구나
고성능 머리와 눈을 가졌으니
모든 것을 느끼고 바라본다
허나
지긋지긋한 현실을 바라볼 때가 많으니
때론
감성으로
이성으로 바라보는 머리와 눈이 있어야
살아가는 맛을 더한다.

Plastic Syndrome에서 Plastic Phobia

장수의 상징인 거북의 코에서 플라스틱 빨대가 박혀있고
입이 큰 아귀 입에선 페트병이 나왔습니다
이 상징적인 두 가지가
지금의 플라스틱 포비아의 현주소입니다
플라스틱과 이별할 수 없는 시대의 유감은 이어지고 있고
플라스틱과 떨어져 살 수 없는
현재의 아픔에 누가 돌을 던질 수 있을까요
아 플라스틱의 不可近 不可遠 시대의 아픔을
어떻게 뛰어넘을까요
소시민인 우리라도 작은 지혜를 모아봅시다.

인생 담론

될 거냐 안 될 거냐는
해봐야 아는 거고
변할 거냐 변하지 않을 거냐는
시간이 지나면 스스로 안다
이 두 가지의 소소하고 순수한 談論만 봐도
사람 사는 세상의 모든 것은
지나 봐야 결과를 알 수 있는 이 지독한 현실
이 알그락 달그락거리는 인생사는
순수 人生哲學이고 談論이다.

무당거미와 거미줄의 美學

봄을 지나
여름이 익어가기 시작하면
모든 생물은 활기를 띱니다
그중에서도 거미를 거론하고 싶습니다
구체적으로 무당거미입니다
거미치고는 꽤 아름답습니다
거미는 행위예술의 극치를 이룹니다
한낮을 지나
오후에 접어들면 행위예술을 시작합니다
아래위로 가로세로 반도체 칩을 제작하는 로봇처럼
일정하게 과학적으로 기하학적으로 예술을 이어갑니다
거미의 예술을 넋 놓고 쳐다보면 시간 가는 줄도 모릅니다
거미의 예술 행위에 푹 빠져듭니다
이 무당거미의 작품은 명품 중의 명품이 아닐까 생각합니다
이것이 自然의 美學이고
무당거미 줄의 美學입니다.

결혼

결혼은
새로운 길을 만들어가는 것이다
늘
같은 길을 가는 것 같지만
늘
새로운 길을 간다
그래서
결혼은
언제나 새로운 길이기에 늘 긴장되고
새롭고 가고 싶고 함께 작품을 만들어가는
생활예술의 극치다.

어울리며

사람은 사람대로
하늘은 하늘대로
물은 물대로
산은 산대로
서로 다름을 인정하며
오늘도 티격태격 어울리며
잘 살아가고 있다.

아버지는 말씀하셨지

아버지는 말씀하셨지
오월 유월 칡이 온 산을 덮을 것 같이 쭉쭉 치고 달리지만
처서(處署)가 지나면 칡도
세상의 모든 식물도 성장을 멈추고
겨울 준비를 합니다
해서
처서가 지나면 벌초를 한답니다
아버지의 말씀을 떠나
세상의 이치는 늘 시작과 끝이 있답니다.

어느 날 갑자기 생기는 일(뜻밖에 횡재)

아침 일찍 밭에 가면
두더지의 터널 공사를 목격합니다
마당에서 들깨를 털다가 사마귀 알집을 보고
마당에서 콩을 털다가 도망가는 도마뱀을 보고
고구마를 캐다가 굼벵이와 뱀을 보기도 하고
늦가을 창문에 천천히 기어오르는 예쁜 무당벌레 보기도 합니다
모든 게 경이롭고 아름답습니다
재수가 좋은 날이면 멋진 횡재를 합니다.

괜찮은 삶

어제보다 확 달라지는 삶보다
조금 여유롭게 이어지는 삶
기대치가 큰 내일보다
가치를 부여할 수 있는 미래를
늘
아내와 함께 만들어 가는 시간
그것만으로도
거기서 거기 같지만
꽤 의미를 부여할 수 있는
괜찮은 삶이 아닐까 싶다.

그리움

자나 깨나
늘
날 걱정해주시던 부모님
부모님이 안 계시니 절절하고
허전할 때가 많습니다
잠시
부모님 생각에 昏沈에 빠질 때가 있습니다.

고궁과 미술관에서

고궁을 산책하는 마음
고궁의 건축물을 감상하는 마음
고궁의 고목을 눈으로 끌어들이는 마음
설레기도 하고 느끼며 생각하는 시간이 오묘하다
무엇인가 느끼고 얻어가는 깊이가 느껴진다
고궁 옆의 미술관은 어떨까
Celebrity가 아니더라도 설레고 든든한 마음이고
행복한 시간이 이어진다
작품을 볼 때마다 작가의 사상과 철학은 무엇일까
어떻게 저런 상상을 할 수 있을까
생각이 깊어진다
아는 만큼 느끼고 즐긴다고 자주 보고 공부하다 보면
시야는 자연스럽게 넓어지니
이게 바로 고궁과 미술관의 人文學이 아닐까.

느긋한 여유

장마철입니다
아버지는 들에 물꼬를 보러 가십니다
찢어진 우비에
삽을 들고 논둑으로 걸어가시는 모습이
느긋한 여유로움으로 다가옵니다.

우리의 스피커

누구나 최고라고 자부하는
성능 좋은 스피커 하나씩은 가지고 있다
그러나 그
스피커를 얼마나 잘 사용하느냐에 따라서
사람의 신뢰 느낌 동감 교감이 다릅니다
시도 때도 없이 사용하는 스피커 좀 더
품위 있게 사용하는 능력을 키워야 하겠습니다
늘 사용하는 스피커라고 아무 때나 사용하면 안 됩니다
적재적소에 아주 매력적으로 사용해야
우리의 스피커는 명품 중의 명품 스피커가 될 겁니다.

삶의 무게

결혼했어요
책임이 두 배예요
발끝부터 머리까지
이 인생의 무게는 몇 톤일까요
이 세상
누군가와 함께한다는 것은
나를
태우는 불쏘시개이지요
결혼은 그런 거예요.

고진감래

인생의 길이
한계령 고갯길만큼이나
굴곡집니다
허나
고갯길이 끝나면
평지가 찾아오듯이
감칠맛 나는 쏠쏠한 행복도 찾아옵니다
그래서
苦盡甘來에서
고통이 앞에 있는 것이지요.

思索 思惟

도시의 번잡함을 뒤로하고
자연의 모든 것과
느끼고 동화되고 호흡하고
動感을 하면 感動이 된다
소소한 것에서부터
생각의 문이 서서히 열리고
무엇이 나에게 찾아온다
이것이
思索이고 思惟가 아닐까.

초월

거칠고 소박한 논둑을 지나
밭둑을 지나고
개울을 지나니
작은 숲으로 걸어 들어간다
고요하기 그지없다
소름이 돋아날 정도로 고요하다
작은 기척에도 움찔거린다
이것이 *超越*이 아니겠는가.

세계는 우리는

오늘도
세계 곳곳에서
이유 같지 않은 이유로 세상을 등진다
기아
자연재해
물 부족
폭력
이런 현상들을 어떻게 바라봐야 할까
우리는 행복한 사람일까
우리는 그 반대일까
세계는 우리는.

Analogue的

개울에 새우가 살고
가재가 살고
송사리가 넘쳤고
소달구지 신작로가 있었고
쥐불 깡통을 돌렸고
연을 날리고
칡을 캐 먹고
아궁이에 군불을 지피고
멍석 돗자리 가마니가 있었고
늘
정겨웠던 원당마을
그 아련한
Analogue적 시대가 그립다.

함부로 OK 하지 마

함부로 OK OK 하지 말자
오케이했다고
모든 게 이루어지는 것이 아니다
잠시
되돌아보는
시간을 갖고 오케이 사인 보내자.

無念

여보게
세상에 무념이 있겠는가
아무 생각 없다는 무념 말일세
여보게
이 생각이든
저 생각이든
생각이 없겠나
그렇게 표현할 뿐이지
그러고 보니
아무 생각 없다는 무념도 어려운 영역인 것 같네그려.

모텔

수많은
풋사랑이 이루어지고
떨어지고 깨지고
찌그러지고 열정이 용솟음치고
그래도
때론 진한 참사랑이 익어가고 열매를 맺는 곳이다.

호사스럽게

28년째
짬 나면 흙과 함께할 수 있었으니
도시 촌놈으로서
행복한 용화가 아닐까 싶네
몸의 고단함을 떠나서
얻을 수 있는 게 많으니 얼마나 좋은가
이것 또한 도시 촌놈의 호사가 아니겠소
꽤
많은 시간을 호사스럽게 보내고 있으니
난
약간의 행복이란 조미료를 첨가한
행복을 누리는 용화가 아니겠소.

아름다움

잘 익은 과일을 닦고 있는 아내
가족이 먹을 거란 생각에
깨끗하게 닦고 깎습니다
이것 또한 사랑이고 행복입니다
가족은 일상의 모든 것이
아름답습니다.

人生

놓고 가자니 서운하고
가지고 가자니 버겁다
인생은 그런 거란다
집착하지 말고
때론
가지고 갈 것은 가지고 가고
놓고 갈 것은 놓고 가는
지혜가 필요합니다
이게
사람의 哲學입니다.

입

사랑할 때는
활화산처럼 타오르는 용광로이지만
미워할 땐
무서운 총으로 변하는 게 입입니다
늘
공격과 방어를 반복하는 게 입입니다
사랑할 때처럼 사용해야 아름답고 행복해집니다.

과연

새로운 정치가 무엇입니까
새 술은 새 부대라고 했는데
과연 그럴까요
맥주잔
소주잔
술은 늘 새 술이지만
술잔은 그 잔이 그 잔입니다
깨끗하게 닦았을 뿐이죠
사람만 문제일까요
제도만 문제일까요
운영과 실행의 문제이지요
안 그렇습니까.

꿩 알

행복한 가족을 꾸리려
힘들게 알을 낳았더니
머리 좋고
약삭빠른 인간들이 다
갖다 먹어버렸다
이
서글픈 세상.

봄이 오는 곳

봄을 느끼려면
먼저
꽃나무를 보지 말고
외진 모퉁이나 귀퉁이 돌 틈 사이를 보라
봄은 그곳에서부터
전해온다
떠들썩한 봄은
꽃나무에서 오지만
진정한 봄은
그곳에서 느리지만
빠르게 온다.

남은 시간

지나간 시간
지나간 세월
한탄해서 뭘 하랴
設令 지긋지긋한 고통이 함께하는 시간이
기다리고 있다고 해도
우리에게 남은 시간이 너무 소중하기에.

외로움

외로움은 마음으로
느끼는 것이지
몸으로 느끼는 것이 아니기에
때로는
에스프레소 같은
외로움을 느껴야 한다고 하네요.

변방의 人文學, 주류의 人文學

인문학이 어려운가
쉽게 생각해보자
주변에 있는 모든 것이 人文이 아닌가 싶다
주변의 인문을 개개인이 잘 다듬으면 나름
學이 되는 것이 아닐까 싶다
때론 변방의 인문학이
주류의 인문학이 된다
모든 사람이 함께할 수 있는
주류의 인문학이 만들어지고
가치를 나눌 수 있는 것이 아닐까 싶다.

눈 오는 새벽

시간을 앞둔 새벽
눈이 펑펑 내린다
왠지 불길하다
회사까지 무사히 갈 수 있을까
마음이 긴장된다
이래서
때론 낭만과 감동이 현실과 충돌한다
이래서
사람은 사람으로 살아간다.

바람

거짓 없는 세상이야 있을 수 있겠나
거짓보다는 진실이 더 많아지는
세상이 왔으면 좋겠네그려
투명한 세상이 왔다고는 하나
아직 갈 길이 먼 것 같소
서로가 서로에게 삿대질하고 나의 주장이 진실이라고 하니 말일세
진실이 뒤로 밀리는 세상이 두렵고 두렵다네
여보게 자네는 어떻게 생각하는가.

솔개(매)의 예술

하늘을 멋지게 난다
위아래로 비상한다
줄에 목 매인 연보다 백배 천배는 더 멋지게 하늘을 난다
위아래 좌우로 비상할수록 멋지고 아름답다
허나
솔개의 멋진 비상은
꿩
새
닭에게는 무서움이고 공포다
이것이 자연의 아름다움이고 자연 예술의 극치다.

아름다운 아내

아름다운 아내여
그
누가 뭐래도 아름답네요
봄날의 배꽃처럼 배시시 하고
사과꽃처럼 청순하고
복사꽃처럼 화사하고
나이 들어 더 예쁜 아내여
아내라는 그대는
최고의 아름다운 여성입니다.

용기 있는 사람

뒤에서 말하지 말고
정면에서
얼굴을 마주 보며
말을 할 수 있어야
용기 있는 멋진 사람입니다.

생명의 힘

윙 윙 윙 트랙터가
논을 갈아엎는다
땅과 물 거름과 기계가 하나 되어 합체가 된다
어느새
날아드는 새하얀 백로들은 긴 목을 처박고
연신 쪼아댄다
갈아엎은 논에는
이렇게
새 생명을 잉태하고 선순환을 이어간다
작은 생명의 소리가
웅장한 트랙터 소리를 압도하는 것은
무엇을 의미할까.

바람

마음의 짐 하나도 없는
시름 하나 없는
고민 하나 없는
늘 즐거운 것 같은 바람
바람이 부럽다
아닌가
때론 바람도
이것저것에
부딪혀 아파한다.

부부 8

함께 있으면 기쁨도 두 배
여유도 두 배
감동도 두 배
사랑은 세 배로 늘어납니다
그리고 가끔은
부실한 김용화를 고쳐 쓰기도 합니다
이게
부부랍니다.

정치인

내 마음에
정치, 정치인이란
갈등
비판
진영 논리
말장난
배신
밥그릇 싸움.

기다림

추위에 떨고
비바람에 흔들려도
옴짝달싹 못 하면서도
일 년 내내
한자리에 서 있다
그 자리에서 싹을 틔우고
꽃을 피우고
열매를 맺고
또
일 년을 기다립니다.

부부 9

서로가 서로를
걱정해 줍니다
남편은 아내를
아내는 남편을
걱정해 줍니다
이게
부부랍니다.

그런 것을

머리숱은 서서히 달아나고
구레나룻도 희어지고
사타구니 털도 희어지고
코털도 희어지고
자연적 치아에서 인공치아로 바꿔 가는 운명에 처한다
세월 가면 노쇠해지는 법
시간
세월
역사
인생
뭘 탓하랴
세상은 원래 그런 것을.

낮과 밤의 간극

눈은 대낮에 잘 보이고
똑바로 보고 느끼고 생각합니다
그러나
캄캄한 밤이면 눈을 지그시 감습니다
눈을 감으면 꼭꼭 숨겨 놓았던
보석 같은 필름이 천천히 잘도 돌아갑니다
지난 세월의 느낌이 감동이 서서히 깨어납니다
이것이 번잡한 낮과 조용한 밤의 거대한 간극이기도 하지만
감동으로 다가옵니다
꽤
쓸 만한 밤입니다.

늘 그렇게

어려서는
부모님의 절대적 보호를 받고
어른이 되고 노년기에는
자식들의 보호를 받고
주거니 받거니
그렇게 살아갑니다
이것이
가족이고 사랑이고 배려고 감동입니다.

거칠어지고

세상은 편안해지고
유토피아的 세상으로 발전해가고 있지만
그러나
풍요로운 만큼이나 세상은 거칠어져갑니다
언행이 거칠어지고
관계가 거칠어지고
가족관계가 거칠어지고
심성이 거칠어지고
정치가 거칠어지고
사회가 거칠어지고
사랑이 거칠어지고
왜 그럴까요
역설적으로
세상의 모든 것은 풍요로우나
사람의 모든 것이 거칠어져가니
큰일이 아닐 수 없습니다.

언제나 그 자리에

사랑을 해도
출근을 해도
모임에 가도
여행을 가도
사람들과 언쟁을 해도
후회를 해도
투쟁을 해도
우리는 언제 그랬냐는 듯
아무 일도 없는 것처럼
우리는 언제나 그 자리로 돌아갑니다
언제나 그 자리에.

부부 10

현관문에서
바라보는 강렬한
사랑의 눈빛이
샤워실을 지나
침대로 향하고
불길로 타오른다.

늙으면 이런 소리를

남편 먼저 보내고 아내 먼저 보내고
아내 먼저 보내고 남편 먼저 보내고
독수공방 몇 년에
心身은 아프고 아파라
늘
인생 살아야 얼마나 산다고
갑론을박 끝이 없고
늙으면 시름에 묻혀 산다네
그 누구인들
백수(白壽)에 가까워서까지
건강을 유지하랴
늙으면 추하고 시름에 겨운 것을
잊지 말아야 하거늘.

기억

사계절
문득문득
시간이 허락할 때마다
돌아가신 부모님이 생각납니다
무척 보고 싶을 때가 있습니다
수많은 크고 작은 기억이 생각납니다.

바보 같은 질문

나비
벌 날아 꽃을 찾아 봄을 재촉하니
사람들은 한가로운 봄날이라 하네
오늘은 꼭
벌과 나비에게 물어봐야겠다
한가롭다고 대답할까
아니면
나도(벌과 나비도) 먹고살기 힘들다고 할까
아
바보 같은 질문이여.

무념무상

사람의 손때 묻지 않은 이름 없는 산
새소리 바람 소리 그 누구의 거처인가
이 길도 저 길도 아닌
이곳은 어디인가
이름 없는 이 산의 모든 것이 아름답고 예쁘구나
우두커니 서서
돌 틈 사이로 왔다 갔다 하는
다람쥐만 생각 없이 쳐다보누나.

맙소사

땅은 땅대로
산은 산대로
하늘은 하늘대로
늘 하던 대로 오늘도
하던 대로 이어지는구나
고요하든 거칠든 난폭하든
제 갈 길로 가려 하는데
사람들은 뒤를 따라 맛보고 느끼고 감동하기보다는
뭉개고 파괴하고
인위적으로 비틀어만 간다
아이고 맙소사.

행복한 꿈을

과연
아내를 꼭 껴안고 자면 행복하고
기가 막힌 꿈을 꿀 수 있을까요
에라
오늘은 아내를 꼭 껴안고 자야겠다
왜
행복한 꿈을 꾸기 위해서다
어쩔래.

잔인한 순간

보기에 속이 꽉 차고
토실토실한 배추지만
잎을 뒤집으면 새파란 배추벌레 수 마리
배춧잎으로 식사를 맛나게 하고 있습니다
두 눈을 질끈 감으며 요놈들을 손으로 꾹 누르면 터집니다
나는 잡아야 하고
배추벌레는 죽음에 이르는 이 순간의 잔인한 맞대결이
주말이면 순간순간 일어납니다.

괜찮은 냄새들

흙냄새
퇴비 냄새
고추 골은 냄새
참외 수박 골은 냄새
자두 골은 냄새
대파 냄새
마늘 양파 냄새
은행 냄새
시골에 가면 냄새들이 코를 긴장하게 합니다.

모든 것을

대략 600평의 땅에서
주말에 가족들과 함께
농사 아닌 농사를 짓습니다
나 우리 가족들은 모든 것을
농기구로 사용합니다
깨지고 낡은 플라스틱 바가지
호미 막대기 낫 끈 삽 괭이
돌 찢어진 비닐
짧은 호스 긴 호스
물 소똥 달빛 비 태양 등
모두를 농기로 사용합니다.

아찔한 시간

그
작은 씨앗도
거친 흙을 밀어내고
싹을 틔우고 탄생을 알린다
어떻게 저 작은 씨앗이
문명과 마주치게 되는 순간
하늘과 땅과 인간의 경계를 무너뜨리는
아찔한 시간이다.

다시 또

가는 세월 앞에 어쩌랴
여름에 푸르름과 예쁨을 자랑하고 기세등등 커갔던
오이 고추 호박 등등이
살아 있던 지난여름을 반추하듯
지금은
누렇게 뜨고 찢어진 잎과 줄기를 흔들며
지난여름을 회상하며
내년 봄
다시 또 주인의 부름을 기다린다.

즐거운 사람

가족이든
사회 구성원이든
서로 주고받는 말에
귀가 뻥 뚫린 느낌이 오면
만나는 사람들이
정겹다는 것일 테니
그 시간
그 만남의 시간이 얼마나
의미가 있고
즐거운 시간일까.

김장의 人文學

토실토실하게 살이 붙은 배추와 무
텃밭을 오고 가니
마당 한켠에는 수북이 쌓이는 무와 배추
오늘은 김장하는 날
배추를 절이고
무를 닦고
무채를 썰고 고춧가루가 등장하고
갖은양념이 등장합니다
전날에 절여진 통통함을 내려놓고
순서를 기다립니다
새벽이 열리자마자 커피로 예열하고
득달같이 달려들어 씻고 다듬고 버무리고 묻히고 융합을 합니다
오늘 마당은 야단법석입니다
가족은 물론 이웃 아주머니들까지 등장하여 김장을 마무리하고
마당 텃밭에 자리 잡은 가마솥에서는 뽀얀 수육이 기다립니다
가족과 함께하는 김장
여러 가지의 함의가 내재되어 있는 김장
이것이 김장의 인문학입니다.

매한가지일세

가을을 지나 겨울입니다
어떤 나무는 온전히 裸木이 되었고
어떤 나무는
이 추운 겨울에 마른 잎을 펄럭이고 있습니다
이 나무는 1년을 잘 보낸 나무와
1년을 헛되이 보낸 나무입니다
건강하게 보낸 나무는 완전히 벗고
병든 나무는 아직도 잎을 흔들고 시름에 겨워합니다
사람이나 식물이나 매한가지입니다.

어쩔 수 없는 것

살다 보면 막연히
좋은 일이 생길 거야
이것은 아니지 않나
좋은 일이
생기지 않더라도
노력했으면 됐지
뭘 바라겠는가
안 되면
어쩔 수 없는 것이지.

헌법 1조1항

대한민국은 민주공화국이고
나라의 주인은 국민입니다
대통령의 취임사나 각종 회의 집회에서 등장하는 문구입니다
그러나 1년이 지나고 2년이 지나고
웬일입니까
천만도 안되는 골수 지지층만 자기 진영만 바라보고 가는
오만과 독선이 지배하고
그토록 바라던 대통령의 참된 모습은 찾아볼 수가 없습니다
안타깝습니다
불길합니다
무슨 일이 터질 것 같습니다
모두가 아니길 바랄 뿐입니다.

斷想 1~5

비 온 뒤
앞마당에 말라비틀어진 지렁이
질퍽한 외양간에 덕지덕지 똥 붙은 소의 엉덩이
돼지 주둥이의 쌀겨
갈기갈기 찢어진
남과 북의 이념 같구나.

60여 년의 세월

오십을 넘어 육십으로 향하니
시간과 계절이
너무 빠르고 빠르네그려
더
늦게 가고 싶어도 현실이 용납하질 않네그려
하기야
옛
어르신들이 즐겨 쓰던 말 생각나네그려
草露人生과 流水와 같다고 하질 않았나
전후좌우를 살펴도
근심, 근심뿐이네그려
그리고 아버지께서 따끔하게 충고하셨던
말씀이 가슴을 때리네
아들아
오십을 넘어봐
너
세월이 화살같이 지나가는 것을 알 테니.

행복과 고통

행복한 삶이든
시름에 겨운 삶이든
가진 자든
없는 자든
세상을 등질 땐
모두 다 추한 모습
감출 길 없구나
세월의 정점엔 행복 건강 시름을 뒤로하고
고독과 병고에 시달리는 인생살이
이것이 순리이거늘 어찌하여
행복 풍요로움만 추구하는가
사람은
때때로 고통과 시름을 수반하는 삶도 생각하며
살아가는 지혜를 발휘해야 한다고 늘 이야기하는
앞서간 사람들의 충고를 인지해야 한다.

베이비 붐 세대들이여

Baby Boom 세대들이여
서글퍼 하거나 아쉬워하거나 울지 마세요
이만큼 살았으면 최선을 다하고 멋들어지게 살았잖아요
처자식 부양하고
사회생활 열심히 최선을 다했으니 다들 폼 잡아도 되지 않을까요
이제까지 알뜰살뜰 은행에 넣어둔 돈
사랑하는 아내와 둘이서 멋있게 폼 나게 맛있게 쓰자고요
가치 있게
즐겁게
건강하게 말입니다
가능할까요
가능합니다
베이비 붐 세대들이여.

당신 마음대로

지금부터
당신 맘대로 하세요
원하는 대로
내키는 대로
마음대로
실컷 가지고 노세요.

아, 세월

서울에
입성한 지도 40여 년
난
무엇을 했는가
이제야 뒤돌아보니 허한 마음일세
나름 세월을
살아왔는데도
화살처럼 날아간 세월 속에서
새삼
흘러간 세월을 잡을 수 없지만
마음속에 온전히 저장된 나의 역사인 것을
팔짱 끼고 있는 내 그림자
그 그림자를 물끄러미 쳐다보니
그 그림자도 나를 위로하는 듯
나를 따라 움직인다
이게 나의 모습이 아니던가
아 지난
세월의 흔적들이여.

지금 우리는 1~2

논둑과 밭둑엔 파릇파릇
새싹 돋고
저수지 물은 넘실넘실 춤추고
새들도 겨울을 벗어 던지고
봄을 만끽하는구나
서울은 비 오고 청양은 화창하고
제주는 바람 불고 서쪽은 흐렸다 갰다
자연도
사람의 세상처럼
자연도 그러하다네.

이놈의 욕심

씨를 뿌린다
꽃나무를 심는다
하루도 안 되어 욕심이 생긴다
거름을 많이 주다 보니 식물들이 시들어간다
과유불급
이놈의 욕심
오늘은
식물에 사과하고
물이나 푹 주고 반성이나 하자.

지금 우리는 3~5

민주주의라는 것이
얼마나 힘들고
아픔의 연속인지를
익히 알고 있는 우리가
그 많은 희생을 목격했는데도
민주주의를 위해서 서로 노력하지 않은 것을 보면
민주주의가 참으로 힘든가 봅니다
우리는
참다운 민주주의를 언제나
느끼고 맛볼 수 있을까요
세월이 흐르고
나이가 무거워지니
참다운 민주주의를 보고 싶은데
육십이 어가니
바보가 되어가는 느낌입니다
그래도 기대해볼랍니다.

斷想 11

세월 흐르매
아픈 곳만 늘어가네
어찌 60년 세월을 거스르랴
보이지 않는 정신엔 만감이 교차하는구나
새벽 아침
까치 참새 꿩 소리 낭낭하고
졸졸졸 냇가엔 버들치 자유롭고
계절도 이렇듯 변해가는데
어찌하여 세상은
엇박자일까
모순된 가치투성이일까.

인생의 길

태양처럼 떠오르고
구름처럼 떠돌다
노을처럼 사라지는 것이
인생이거늘
백 년도 못 가는 인생의 길이
덧없이 꿈만 꾸다가 가는구나
아
덧없는 인생이여.

아쉽지만

가을이 불쑥 내 앞에 나타났다
어느 해나 가을엔 '무엇 하고 싶다'가 많아지는 계절이다
책을 읽자고 산책을 하자고
思惟를 하자고 思索을 하자고 빈 노트를 채우자고
허나 우리의 일상은 녹록지 않다
일단 핑곗거리가 압도하고 바쁘다는 이유로 서서히 비껴간다
존재하는 공간이 그러하고
존재하는 생활이 그러하고
존재하는 변화가 그러하기에
오늘도 우리는(나는)
계절의 흐름을 채워주지 못하고 계절의 흐름을 쫓아간다
아쉽지만
그것이 추구하는 존재의 삶일지도 모른다.

어른

바닷물도
강물도
작은 개울물도
실루엣으로 보일 때
어른이 되는 것이다.

괴롭히지나 말아다오

어제도
오늘도 권력 주변엔
의혹과 거짓이 산처럼 쌓이고
정체성과 정통성 가치를 지켜야 할
지도층이란 집단인
정치인
공직자
교육자들은 위선과 아집과 독선의 틀에 갇혀 헤어나질 못하니
수많은 民草는 더더욱 괴롭다오
선량하고 똑똑한 민초를 괴롭히지나 말아주오.

겸손한 부자들

은행나무
수수
참깨
들깨
스슥(조)
상수리나무
이들은 겸손하고 아낌없이 내어주는
겸손한 부자들입니다.

진리가 세상을

진실은 진실이고
거짓은 거짓이라오
과거의 역사나
지금의 역사나
바뀌지 않는다오
언제나 권력의 주변이
진리를 흔들고 뭉개고 비틀고 묻어버리고
거짓을 주장하는 세상을 만들어가고 있음은 슬픈 일이라오
조금은 늦더라도
진리가 압도하는 세상이 왔으면 하오.

쓸 만한 토요일

까악까악
새벽 까치 소리에
잠에서 깨어나 바깥을 본다
아카시아 향기 밀려오고
꿀벌들은 윙윙윙
나비는 사뿐사뿐 춤을 추고
오늘은
꽤 괜찮은 토요일 오전이다.

昏沈에 혼침을

대한민국은 늘 정치적 문제로
해 뜨고 해 지고
달이 떠오르고 지고 사라지지만
쉽사리 풀리지 않는구나
늘
사람 사는 세상은
정치적 파편으로 뒤덮여 있고
언제나
엉클어진 실타래처럼 혼돈의 연속이다
세상 사람들은 오늘도 긴 한숨만 토해내고
혼침에 혼침을 더하듯이 혼란스럽네.

이기주의

자기도
한 무리의 일원이면서
한마디 툭툭 내던집니다
사람들이 왜 이렇게 많아 길을 갈 수가 없네
퉁명스럽게 내던집니다
본인도 한 무리의 일원이면서 말입니다
이게
이기주의의 시작입니다.

가을의 思索

가을 햇살이 쏟아지네
밭둑의 대추나무 날 반기고
잘 익은 대추 한 움큼 호주머니에 밀어 넣으니
마음도 흡족해라
무심코 밭둑을 걷는 지금
어찌 마음이 불편하랴
호주머니에 손을 밀어 넣으면
잡히는 대추 한 알 두 알 먹으면서
걷는 이 가을
억새가
야생 국화가 아름답다 멋지다
마냥 좋다
외국의 그 어느 곳
제주도
설악산
강릉 바닷가
오늘은 모두 작아 보인다
이
한적한 밭둑길을 걸으니 최고의 思索이고
가을의 人文學이 아닐까.

감자를 심는 마음

투박하고 거친 땅
정성스럽게 이랑과 고랑을 만들어
비닐을 씌우고
한 사람은 구멍을 뚫고
두 사람은 씨감자를 넣고 흙으로
이불을 덮는다
난
빗물이 잘 빠지게 수로를 정리하고 돌을 골라낸다
삼월에 심은 감자는 유월에 주렁주렁 뽀얀 속살을 드러낸다
소쿠리가 넘치고 웃음이 넘치고 음식으로 거듭나는
감자의 무한 변신은
창조이고
소통이고
경청이라고 해도 되지 않을까 싶다.

아름다운 여인

여인이 걸어갑니다
한 손에 움켜쥔 핸드백은
진품일까요 짝퉁일까요
뭘 의심하나요
아름다운 여인 자체가 진품인데.

돌의 매력

대한민국 곳곳을
다니다 보면
유난히 돌과 관련된 곳이 많습니다
성이 그러하고
고인돌
돌무덤
돌담이 그러하고
곳곳에 사연, 역사, 애절한 철학이 숨어있는
매력적이고 아름다운 돌들이 많습니다
엉성한 것 같지만 정교하고
엉뚱한 것 같지만 과학적이고
소소한 것 같지만
투박한 것 같지만 유려한 작품들이 많습니다
돌에는 비책 궁금증 매력이 살아 숨 쉽니다
이것 또한 돌의 美學인 것입니다.

대단해요

우리 텃밭엔 인물이 꽤 많다네
비듬 소루쟁이 쇠비름 환삼덩굴 바랭이 등등
그중에서도 끝판왕은 바랭이가 아닌가 싶네
밭 한가운데 뚝길 차가 다니는 길 등
차에 깔리고 밟혀도 살아남는 다네
그래 사람들은 요놈을 牛筋草라고 했다네
왜
쇠심줄같이 억세고 질기다는 뜻이 아니겠나
이놈이 살 수 있는 땅은 생물이 살아간다는 뜻이니
아직은 우리의 텃밭을 믿어도 될 듯하네그려.

소중한 사람

이 세상에서
가장 소중한 사람은 누구일까요
윤선경입니다
윤선경이 누구냐고요
28년을 티격태격 늘 함께했고
앞으로도 인생의 깊이를 함께 나누며 살아갈
김용화 아내 윤선경입니다
그러니
가장 소중한 사람이지요.

가면 끝인데 뭘 그리도

봄꽃이 활짝 피기 시작했습니다
봄 여름 가을 겨울
순환의 연속입니다
사람에겐 어떨까요
사람은 떠나면 그만인 게 인생이 아닙니까
해서
시중에 회자되는 의미 있는 말이 있지요
죽은 사람만 억울하다고요
그래서
불교에선 輪廻를 생각했을까요
그래도
누구나 떠나면 그 사람 인간미가 있었다고
기억되길 기대하는 게 사람이 아닐까요.

요놈들

거친
밭에서
수북하게
쑥쑥 기어오른다
요놈들은
상추와 쑥갓입니다.

원당 마을 뒷산에서

저녁볕 쉬엄쉬엄
원당마을 뒷산에 내리나니
무성한 초목들은 더욱더 초록으로 빛나고
이름 모를 풀벌레와 매미 베짱이는
목이 터져라 울며 가는 세월 아쉬워하네
원당마을 소나무는
원당마을 참나무는
어느새
칡넝쿨에 포위당하고 살려달라 아우성이네
그러나
칡넝쿨은 뭔 소리냐는 둥 기세등등하네
세상 어느 곳
치열하지 않은 곳이 없다네.

가슴에 묻고

흠 하나 없고
시름 하나 없는 사람 어디 있겠소
사람들은 죄다
이런저런 응어리를 가슴에 묻고 살아갑니다
그게 인간의 본모습일 수도 있습니다.

넋두리

잘살아보세(자본주의)
고르게 잘살아보세(사회주의)
이 두 가지 대립 구도는 80년대 끝났다는 게 전문가들의 진단이다
이제 우리는 막강한 경제력과 어느 정도의
민주화는 이루었다고 생각하지만 인간의 예의와 본성은
2000년대 들어서 훼손되지 않았나 생각해본다
사회 곳곳에서 벌어지는 갑질 논란과
급격하게 부각되며 사회 곳곳에서 일어나는 각종 폭력이
화난 사회로 이동하고 있어 심히 우려된다
풍요로운 시절이지만 우리는 지금
성찰과 새로운 대안을 찾아야 할 것 같다.

겨울 논배미

겨울 어느 날
얼음이 꽁꽁 언 줄 알고
논배미로 냅다 달려가 미끄러움을 즐기려다
논배미에 빠져
옷 다 버리고 추워 죽을 뻔했습니다
엄니한테 뒤지게 혼난 것은 덤이었습니다.

後日

밤새 비바람 치더니
오늘은 날씨가 왜 이리 좋노
활짝 핀 벚꽃이 거리에 휘날리네
그 누가 하룻밤을 예상하랴
그 화려했던 꽃이 흩어질 줄이야
세상은 늘 그러하거늘
어느새 나무는 화려함을 뒤로하고
외로이 후일을 기약하네
벌 나비도 깜짝 놀라
어디론가 날아가는구나.

산행과 소나무

이배제고개에서 남한산성까지 걸어간다
능선 하나 지나면 또 능선이고
능선 앞뒤 큰 소나무 작은 소나무
산행을 반겨준다
늘 푸른 소나무를 바라만 봐도
마음이 맑아지고
육체가 깨어나는 느낌이다
어찌 이 고마운 자연에 감동을 안 할 수 있으랴
이 소박한 산행에서 얻을 것은 다 얻었으니.

작품이다

사람도
가족도
회사도
여행도
사랑도
갈등과 번민도
슬픔과 기쁨도
삶도
하루도 한 달도 일 년도
한 그릇에 오롯이 정성껏 담은 비빔밥처럼
모든 것은 작품이다.

특별한 사람

뛰어난 것 같지만 순수하고
특별한 것 같지만 소박합니다
이게 바로
특별한 사람이 아닌가 싶습니다
특별한 사람은
특별한 사람이 아닙니다.

친구예찬

야생화 단풍 낙엽 정담 웃음소리
좋은 날 좋은 곳(2015년 10월 25일 일요일)
백운산 산행의 추억들
동호 친구의 꿈은 하늘에서 잠자고 친구여
효성 친구의 바람에 날려버린 허무한 맹세 안동역에서
강주 친구의 아리아리 아라리요 강원도 아리랑
세라 친구의 별들이 소근대는 홍콩 아가씨
필숙 친구의 운무를 품에 안고 울산 아리랑
만복 친구의 그 노래
일영 친구의 그 노래
그 외 친구들의 노래를 들을 때마다 느끼는 것이지만
참으로 멋진 노래가 아닐 수 없다
살펴보면 가사가 좋은 곡을 선곡하고 잘들 부르는지
멋진 모습들에 나이를 잘 먹어 가는구나 하는 생각이 든다
다들 멋이 있다 멋이
이대로들 건강하게
우정을 살려서 가면 되지 않을까 생각해본다
짜증을 내어서 무엇하나
성화를 부려서 무엇하나
닐니리야 닐리리야 니나노
친구들아 멋지다 멋져.

어제와 오늘

알람이 울리기도 전에
스스로 일어나야 할 시간
지난밤의 고요함을 뒤로하고
어제와 다른
오늘을 마주해야 하는 아침
때론
어제와 같은 오늘이면 어떡하나 고민하지만
다행히도 늘 다르게 전개되는 오늘
힘겹겠지만 자기를 깨우며 다그치며
하루를 시작한다
오늘이 어제와 다른 것을 위해서.

강가에서

돌멩이와 모래가 적절히 섞여있는 강가
흐르는 강물을 그냥 쳐다만 봐도 마음이 편해집니다
강가의 억새 바람과 석양에 빛나고
철새들 이리저리 날 때
두서는 없지만 세상을 이야기하고 웃음꽃 피우니 부러울 게 없어라
복잡한 도시를 떠나
순수함을 간직하고 있는 곳을 찾아 떠나는 것도
나를 성장시키는 에너지라오.

산의 인문학

따다닥 따다닥
파랑새 창공 날며 봄소식 전하니
봄날은 더더욱 깊어가고
오솔길 혼자 걷는 마음 누가 알리오
오늘은 산속 깊이 들어가서 야생화나 찾아봐야겠소
그
야생화도 나를 기다리지 않겠소
이것도 思惟고 山의 人文學이 아니겠소.

이천 집에서 1

2층에서
텃밭을 바라보니
상추와 쑥갓이
고추가 오이가
침샘을 자극하누나
된장 쌈 싸 먹고
고추장에 찍어 먹고
한두 시간 푹 자고 일어나
풀이나 뽑다가
차 밀리기 전에 서울로 가야징.

이천 집에서 2

벚꽃 피고 꽃잎 떨어지자
이때를 기다린 듯
온갖 잡풀들이 경쟁하듯 치고 올라온다
일주일이 멀다 하고
지난주에 뽑은 자리에 또 자리를 잡고 으스댄다
성가시긴 해도 어쩌랴
내가 좋아하는 일인데
어쩔 건가 제기랄
오전에 풀이나 뽑고
점심이나 때우고
문 활짝 열고 선풍기 틀고
잠이나 푹 자다가
서울로 가야겠다.

하룻밤의 꿈

밤새 내린 비로
그 맑았던 개울물은 흙탕물로 변했네
하지만 먹구름 가득했던 하늘은
멋진 수채화를 이곳저곳으로 택배를 하고
하룻밤 사이 두 개의 꿈이여.

가족

혹시 가족이 어디 있는지 아세요
언제나 가까이 있을 수 있는 가족
그러나
상황상 늘 먼 곳에 있습니다
평소 소홀했던 가족
그러나 문득문득 가족을 생각하면
절절함으로 다가올 때
가족이 더 소중합니다
늘
곁에 있지 않지만
늘
옆에 있는 것처럼
아끼세요 사랑하세요 기억하세요.

최고의 전략가

이쪽을 둘러봐도
저쪽을 둘러봐도
황금 들녘이로구나
봄부터 가을까지
수많은 노력과 정성을 쏟아부어 만들어놓은 황금 들녘
이 농부는 이 세상 최고의 전략가입니다.

생로병사

가을 가을 가을
화려하기도 하지만 凋落의 계절이라고 한다
자동차의 창문 너머
아파트 창문 너머 또는 전국의 유명한 산의 단풍들도 화려하지만
생로병사라는 운명의 길을 걷는다
그리고 보니 생로병사의 역사에 예외인 존재는 지구상에 없다
우리 모두 어디론가 가고 있고 그 종점은 다 같은 죽음이다
이 마지막 평등의 길 때문에 살아가는 것이
저마다 묵직한 의미를 지닌다
해서 정현종 시인은 이렇게 이야기한다
초라하고 슬픈 인생도 그러나 자주 종말을 잊는다
그러니 앉아서 졸기 시작하는 것이다
옆에 우리가 모두 이웃의 모습으로 앉아 있다
그러니 악다구니 부리지 말고 다정하게 살아갈 일이다.

흔적들(산에 갔다가)

또
한 사람이 세상을 떠났구려
사람이 태어나고 죽는 게 일상이거늘
장례를 치른 지 얼마 안 되어서 그런지
주변이 뒤숭숭하구나
아직도 묘지가 자리를 못 잡고
여기저기 종이컵과 술병들
바람 부니 이리저리 혼처럼
떠도네그려
잠시 두릅을 뒤로하고
상념에 젖어보네
세상과 단절을.

사람이

생각이 사람을 지배하고
생각이 늘 앞서가지만
생각이
사람을 이기지는 못합니다
생각은 생각일 뿐이고
실행은 사람이 하기 때문입니다.

심리적 절벽

무섭게 지나가고 부서지고 깨지고
무한정 써버리기 좋은 게 시간이라고 한다
그러나 시간이 줄어들면 그 의미도 줄어드는 것은 당연하다.
그 뒤에 우리게 찾아오는 것은 심리적 절벽이다.
이 낭떠러지는 공간의 빈곤이 아니라
차라리 시간의 빈곤이라 할 수 있겠다.
시작보다 의미가 바닥난 끝들이 부쩍 많아지는 것은
노화의 시기에 전형적인 시간 빈곤의 징후인데
이때 심리적 위축도 함께 일어난다고 전문가들은 지적한다.
우리도 앞으로 20년 정도를 버티면 팔십인데 과연 어떨까?
버틸까 망가질까
여기엔 한가지 중요하고 엄중한 의미를 부여한다.
건강했을 때란 단서가 있음을 상기해야 한다는 것이다.
지난 삶을 살아본 우리는 60년이란 시간은 바람처럼 지나갔다.
육십인 우리는 나아갈 길도 없고 물러설 길도 없다.
둘러봐야 허공밖에 없는 낭떠러지뿐이니.

사람과 술

웃음소리에 소주 한 병
어느새 없어지고
까칠하고 욱하는 소리에 어느새 또 한 병
바람처럼 사라지는 술
여기요
소주 두 병 주세요
커지는 목소리에
커지는 웃음소리에
소주가 사라지고
불판에 고기 눌어붙고
불판 귀퉁이에 마늘 힘없이 바둥거리고
불판 가운데 된장찌개 졸아갈 때
사람들도 술에 휘둘려
하나둘씩 흩어지는구나
마치 광장에 모였다 흩어지는 사람들처럼
보이지 않는 흔적을 남기고.

푸념

자네와 난
어릴 적 지척에 살아
자치기에
구슬치기에
깡통차기에
참외 수박 서리에 시간 가는 줄 모르고 놀았지
자네는 성년이 되어
노력과 끈기로 재산을 모아
부자가 되었고
난
명리를 쫓다가
빈털터리가 되었다네
세상사
그런 게 아니겠는가.

건대역에서 2

건대역 5번 출구 옆
생고깃집
기영이 동호 광호 그리고 용화
소맥 한두 잔에 웃음 더하고
웃음과 웃음으로 탁한 세상을 희석시키고
소소한 대화와 흥으로 더더욱 취하니
좋구나 좋아요
서로를 응원하며
서로를 위로하며 격려하며
마지막 한잔을 마신다
오늘 즐거웠어
조심해서 가
그려 내일 전화할게
머리 위로 손 흔들며 각자 집으로 가네.

경계점

고상하게 철학적으로 살자니 현실과 다툼을 하니 불편하고
그럭저럭 맹하게 살자니 어딘가 허하다
인생은 늘
경계점에서 왔다 갔다
사람을 뒤흔든다.

또 이혼인가

또 대한민국의 정당이 풍비박산 나는구나
새천년민주당
더불어민주당
한나라당
한국당
안철수 신당
또 이혼 재혼 이혼
어쩌자는 것인가
어떻게 하려는 것인지
도대체 알 수가 없구나
한때는 잘해보자고
한때는 혁신하자고
한때는 국민을 위하자고
손에 손잡고 파안대소하며
진한 사랑을 나누며
잘살아보자고 눈을 지그시 감더니
이게 웬 말인가
이게 변화고 혁신이고 국민을 위함인가
그럼 지금껏 딴 남자랑
그럼 지금껏 딴 여자랑
불륜을 일삼아 왔던가
혁신과 변화를 절박하게 외치던 정당은 다 어디로 갔는가
우리의 정당들은 이혼 재혼을 반복하는가

아 대한민국의 정당들은 언제 이혼 재혼을 멈출까
대한민국의 100년 정당을 기다립니다.

부모의 시간

어머니
아버지
청양에 계시는데
이 몸은 꿈 찾아 서울로
무심히 떠나오고
마음과 몸은
청양을 바라보니
마음이 먹먹하네
지금쯤
청양에도
해 뜨고
달 뜨고
흰 구름 떠다니겠지
아
그리운
어머니
아버지의 시간이여.

한강 둔치의 중년 여인

긴 머리 질끈 동여매고
스포티한 옷차림에
뉴발 신은 중년 여인
파릇파릇 잔디 위에
드문드문 하얀 꽃봉오리 드러낸 토끼풀
조명 아래 있으니 더더욱 예쁘고
그 여인 옆엔
Golden Retriever 두 마리
한강의 야경과 황금색 옷을 휘날리며 뛰노는 G.R.
그 여인은 어떤 상념에 잠긴 듯하구나
그 여인은 G.R.을 무척이나 좋아하는 듯 연신 쓰다듬고
지나가는 사람들과 무언의 소통을 하고
이 동물과 사람의 소통을
그 누구에게 전하랴
이 한강 둔치의 동물과 사람의 思索과 人文學을.

Black Swan

이 골목 저 골목
보행기에 리어카에
빈 병 몇 개
찌그러진 깡통
녹슨 철근 몇 가닥과
폐지 조금 싣고 가는 어르신
미래의 나일까 하는 생각도
지팡이에 의지하여 힘겹게 발걸음 옮기는 어르신
미래의 나일까 하는 생각도
아 언제 찾아올지 모르는
Black Swan.

공허한 세상

함박눈 펑펑 내려 호수 위에 떨어지네
내리면 뭐 하나
소리 없이 사라지는걸
차라리
장독대 위에 떨어지면
그림이나 좋을 텐데
사람이나 자연이나
뭐 그리 다른가 이 공허한 세상을.

소소한 행복(여유 있는 시간)

하루 일을 끝내고 퇴근을 서두른다
수많은 사람 수많은 차량
수많은 빌딩 숲을 지나
사랑하는 아내가 기다리는 집으로 향한다

어떤 때는 집 주변에 주차할 때
아내와 마주치기도 하고
어떤 때는
어디쯤 오냐고 전화도 하고 문자도 날리고
어떤 때는
밥상을 차려놓고 기다리기도 하고.

취나물

이천 갓골 뒷산에서
채취한 야생 취나물
살짝 데쳐서
고추장에도
된장에도
간장에 고추냉이 넣어 찍어 먹어도
매력이 넘치는 나물입니다
봄의 향연이 시작됩니다.

이럴 때가 있지요

문득문득
생각나는 부모님
그러나 돌아가신 지 십수 년에
안부 전할 길 없어
남모르게 먹먹해집니다
지난 세월을 회상하며 부모님을 그려보며
종종 상념에 젖어보기도 합니다
덧없이 모질게 흘러가는 세월에
눈물 날까 잠시
부모님 생각을 접으려 합니다.

덧없는 세월

낡은 대문
낡은 양철집 낡은 슬레이트집
대청마루엔 곰팡이 슬어가고
노린재 어슬렁어슬렁
참새들만 드나들고
이 집도 옛날엔
할아버지
할머니 아들 손자 며느리 살았었는데
덧없는 세월이여 무심도 하여라.

여름 저녁의 풍경

녹음이 우거진 여름
해는 서산으로 천천히 넘어갈 무렵
동구 밖 개울에서
중태기 미꾸라지 두어 사발 잡아
마당 귀팅이에
양은솥 걸어 놓고 불 지펴
가진 양념 넣고
어죽을 끓이니 천상의 맛이로구나
나무의 매미 소리 정겹고
하늘엔 잠자리 평화롭네
아버지가 맹글어놓으신
낡은 멍석 깔아놓고
어죽 호호 불며 술잔 기울이며
어죽 먹는 재미에 시간 가는 줄 모르는구나.

모질게 흘러가는 시간

시간은 오늘도 지칠 줄 모르고
나를 세차게 밀어내는구나
어느 시간 되면 무언갈 찾겠다고
어느 시간 되면 무언갈 하겠다고
어느 시간 되면 무언갈 마무리하겠다고
어느 시간 되면 무언갈 할 수 있을 것 같다고
떠들어대고 지독한 다짐을 했건만
그것은 헛된 다짐이었네
어느새
머리 빠지고 주름 늘고 머리카락에 눈 내리고
병원 가는 것이 잦아질 때
늙음이 육신과 정신을 아프게 할 텐데
으이구
이놈의 시간 모질게 빨리 가는구나.

무늬만 고향일까

우리는 늘
고향 고향 입에 달고 살지만
생각해보면 시간이 갈수록
우리는 고향에 돌아갈 수 없을지도 모른다는 생각이 든다
나를 낳고 키워준 부모님과
그 따뜻한 흙과 나무와 꽃을 그리워하기엔
이미 너무 멀리 낯선 곳에 낯설지 않게 살고 있기 때문이다
뒤돌아보면 현재 사는 곳이 어디가 됐든 간에
타향이지만 고향이 아닐까 싶다
추석 설 벌초 애경사에만 잠시 둘러보는 고향
그것 또한 고향일까
고향 같은 타향일까
다시 한번 생각해본다.

또다시

국민은 아우성인데
청와대 여당은 태평성대 하구나
국민의 원성을 언제 헤아릴까
또 5년 가기만 기다리는 걸까
광화문 사거리에서
피 토하는 꼴 보겠는가.

옛 생각

회색 도시에
눈이 펑펑 내립니다
옛 생각을 해봅니다

텅 빈 논배미 위로 함박눈이 내리면
마냥 뛰놀던 모습도 그립고
어머니 아버지 따뜻했던 정도 그립고

추녀 끝에 주렁주렁 매달렸던 고드름
해가 뜨면
맑고 깨끗한 정이 뚝뚝 떨어집니다

마루에 걸터앉아 이 모습을 바라보는
어린 나이의 용화는 어땠을까요
그 고드름의 작은 물방울이 마당을 일깨우고 흔적을 남기고

어른이 되어서
그 지난 기억을 곰곰이 생각해보면
靜中動이 아니었나 생각해봅니다.

아버지와 白木蓮

아버지는 꽃을 무척이나 좋아하셨다
그중에서도 백목련을 좋아하셨다
지금은 잡초와 몇 그루의 철쭉만이 꽃밭을 무던히 지키고 있다
그러나 아버지의 인정과 아버지의 영혼이 녹아있는 꽃밭
그 꽃밭은 우리에게 많은 것을 얻게 했고
꽃에 대한 아름다운 사연도 내 가슴에 지금도 또렷이 남아 있다
봄이면 아버지 형님과 함께 목련 홍철쭉 백철쭉 영산홍 등을 심고
거름도 주고 다른 장소에 옮겨 심기도 하고
여름에는 물도 주고 잡초도 제거했다
아버지께서는 종로5가 꽃시장에서 사다 심기도 했으니
열정이 대단함을 느끼곤 했었다
아버지는 늘 꽃을 좋아하셨고
유난히 꽃에 대하여 관심과 애정을 뽐내셨다
그것은 아버지께서 인자함과 풍부한 식견을 가지시고
술을 좋아하셨기에 가능하지 않았나 생각한다
특히 日本語 漢文에 조예가 깊으셨다
그러나 세월의 흐름에 따라 꽃나무들도 수명을 다하여 고사되고
몇몇 나무만 꽃을 피우고 그 시절을 회고하는 듯하다
꽃밭의 아름다운 정경이 있었기에 도시에 사는 나에게는
정서적으로 많은 것을 얻게 해주는 원동력이 아니었나 싶다
지금도 가끔 그때를 생각해보면 그때의 시절로 돌아갈 수 없지만
그때의 아름다운 추억이 많은 사연과 감성을 주었다고 확신한다
지금도 다행인 것은 이천 관리에 현재도

하얗게 피고 지는 백목련이 우뚝 서 있다는 것이고
꽃나무에 일가견이 있는 둘째 형님의 건물 옥상에서
수많은 꽃을 볼 수 있다는 것은 나에게는 행복이 아닐 수 없다
둘째 형님께 고마울 뿐이다
백목련은 새파란 잎이 나오기도 전에
눈처럼 흰색의 꽃을 뿜어내는 매력이 있는 나무다
제아무리 무딘 사람이라 할지라도 그 꽃을 보면
가슴이 뛰고 묘한 감정이 파고든다
이것이 꽃의 마력이고 매력이다
이제 靑陽 本家 목련 나무는 그루터기만 남아
애절하게 아버지의 시간처럼 忍苦의 세월 반추하는 듯하다
내년 봄에는 옛날처럼 종로5가에서 꽃나무 몇 그루를 사다가
아버지의 인정이 살아 숨 쉬는 꽃밭에 심어야 할 것 같다.

아내

아내는
사랑이란 말을 무척이나
바라는 것 같다
전화를 걸면

무슨 할 말 없냐고
운을 뗀다
뻔하다

사랑한다는 말을
듣고 싶은 모양이다
둘이
식탁에서 식사를 하거나
술 한잔할 때도 그런 장면이 연출되곤 한다

아내의
심성이 그래서 좋은 게 아닐까
윤선경
난
말을 안 해도
마음 깊이 사랑하고 있으니
그렇게 알고 있구려.

헷갈리네

민주주의가 무엇인가
자유경제가 무엇인가
통합의 시대란 무엇인가
좌익이 우익이 무엇인가
끊임없는 단어의 양산 시대
헷갈리네

어제는 민주주의를
오늘은 복지국가를
내일은 평화와 통일을
미래는 몇만 달러 시대를
끊임없는 단어의 양산 시대
헷갈리네

난 알 수 없어요
우리 사회를
우리의 정신과 철학을
어제오늘 내일도 다른 국가의 어젠다를
이러니
우리의 미래를 예측 가능할까요.

아버지 오늘도

지게 등에 메시고
그
지게 위엔
망태기와 삽 한 자루
한 손엔 작대기
한 손엔 다 타들어 가는 담배

언제나
조상이 물려주고 당신이 일구어낸
이 기름진 옥토를 지키며
어언 팔십 평생을
살아오신 아버지 아버지

그렇게 믿었던
이 땅은
어떤 때는 기쁘게 하고
어떤 때는 배신하고
오늘
아버지의 두 눈가엔
잔주름 만이
어언 팔십 평생 忍苦의 세월을 소리 없이 말해주네

막걸리같이 순수하시고
소주같이 깔끔하시고
包容力이 깊으셨던 아버지
이젠
할아버지의 웃음소리로
할아버지의 자상함으로
세월은 이어지네

아버지
아버지
아버지 아버지.

어머니

뿌연 백열 전등 밑에서
콩을 고르시는 어머니
자식 기르시는 정성으로
가족의 삼시 세끼를 차리는 정성으로
살아오신 어머니의 歷史

그
누구의 화려함보다는 늘
남루한 차림으로
소박하고 절제된 삶을
살아오신 어머니 어머니
매사 깔끔하고 고귀하고 간결한
어머니의 삶
팔십 평생에 남은 것은 주름진 얼굴
나무껍질 같은 투박한 손
파 뿌리 같은 머릿결

어언
팔십 평생 어머니의 歷史는
기쁨이런가
슬픔이런가
자연의 순리인가
그러나 난

176

어머니의 모든 것을

이 세상
어느 아름답고 매력적이고
깊은 단어로도
표현할 수 없을 만큼
존경하고 존경합니다

어머니
어머니
어머니 어머니.

故鄉 4

논 한가운데
동네 사람 모여
탈곡기를 앞세워
추수를 하네

용길네
진건네
열 마지기에서
올해
몇 가마나 나왔대유 말도 마유
올해
형편없슈
수입은 고사하고
인건비 농약값도 못 건지것슈

찬호네는 어때유
병각이네는 어때유
저희두 마찬가지여유
큰일이네
이제 농사도
끝났는 개벼유

어르신들의
한숨 어린 모습에서
농민의 애타는 절절함이
논 한가운데 어른거리네.

할미꽃은

어느 야산의 허리
양지바른 곳에 수줍은 듯
할미꽃이 피었다
왜
할미꽃은 묘지에 많이 필까?
왜
할미꽃은 있고 할아버지 꽃은 없을까?
햇빛 따스하고
잔디도 좋고
그 사이로
할미꽃이 피었으니
할머니 할아버지의 마음처럼
평온한 시간이다
오늘의 시간이 바쁜 일상의 직선을
곡선으로 바꾼다.

故鄉 5

황금 물결 일렁이는
논두렁에
동네 사람
서너 명 모여 앉아
이런저런 이야기가 오고 간다

올해는 닷 마지기에서
몇 가마나 나올까
올해 수매가가
얼마나 될까 하는 걱정에
막걸리 한 잔에 쓸쓸함을 달래고

풍년이 들어도 걱정
흉년이 들어도 걱정
장마 와도 걱정
가뭄이 와도 걱정

우리 고향 어르신들
형님들은
언제나 웃으시면서
막걸리 한잔에 피곤함을 달래실까
우리 동네 어르신 형님들.

늦가을에

길 위에
떨어져 있는 노란 은행잎이
빗물에 젖어 겨울을 고민하는 듯하다

벌써
입가엔 입김이 서리고
싸늘함을 체감한다

이제
늦가을을 지나
겨울의 서곡을 알리는 비

오늘은
아내와 술 한잔에
지난 시간을 論하며
세상을 論하며

이 늦가을을
음미해봅니다.

지난 行路

솔잎 타는 냄새에
밥이 익어가는 냄새에
소여물 끓는 냄새에
고구마 굽는 냄새에
뒷간의 냄새에

담담하고 소박한 정이 있었고

우두둑 장작 타는 소리에
우당탕탕 대나무 타는 소리에
음매 소 우는 소리에
가마솥 누룽지 긁는 소리에
닭 울음소리에

담담하고 소박한 정이 있었고

논에 두엄더미를 보면서
논에 벼 이삭을 보면서
밭의 허수아비를 보면서
밭의 멋들어진 고추를 보면서
어머니 머리에 쓴 수건을 보면서

담담하고 소박한 정이 있었고

솔잎 타는 연기에 눈 비비고
돼지우리 소 외양간을 치울 때 코를 비비며
지나간 세월의 정을 되새기며
지나간 행로를 기억해봅니다.

살아가는 맛

어른이 되니
돌아가신 부모님 생각
자식 걱정
건강 걱정
살다 보면 이런저런 근심들이
필연이든 우연이든 늘 함께합니다
한군데 정착한 것 같지만 겉도는 인생
옛사람도 그랬을 것이고 지금 사람들도 그러하겠지요
어렵네요
지혜가 필요하네요
힘이 듭니다
재미있습니다
그러기에 우리의 삶은 빛이 나고
살아가는 맛이 나나 봅니다.

서울로 가는 길

진달래꽃
개나리꽃
친구
콩순이 밤순이 뒤로하고

마루 밑 멍멍이
외양간 누렁 송아지
엄니 아버지
언니 오빠 뒤로하고

저
신작로를 지나
버스 기차를 타고
서울로 서울로
돈 벌러 갑니다

진달래야
개나리야
콩순아 밤순아
울지 마라

저 하늘도
저 들판도
내 사랑하는 부모 형제도
울지 마세요
밤이면 밤마다
눈물 흘리겠지만
이제 서울로 돈 벌러 떠납니다.

그냥 갑니다

그냥 갑니다
뭘 그리 생각하세요
그냥 가면 되지요
가면 있을 건 다 있습니다
뭘 그리 생각하세요
그냥 가면 되지요
정처 없는 나그네는 아니지만
인생사
그냥 갑니다
뭘 그리 생각하세요
그냥 가면
있을 건 다 있고 재미있는 것을.

어느 선술집에서(속칭 방석집)

바람이 부네요
세상에 바람이 불어
장미는 피었다지만
가시만은 조심하세요
판타롱에 선글라스
산을 넘고파 살랑살랑
영동에서 만난 여인 잊어버리고서
신길동으로 신길동으로
마음이 부드러워서
연애도 잘한답니다

물을 앉고 돌아가는
물레방아야
냇가에서 시름겨워
나를 안고 도네
임 생각에 젖어 사는 이 내 목숨인데
떠나버린
그 사람을 못 잊어
아~ 아~
못 잊어.

初喪

무겁게 가라앉은 병원
이런저런 사람들이 모여들고
복도엔 조화가 이들을 쳐다본다
상주와 맞절을 나누고 새하얀 보자기 둘린 테이블에 앉는다

간간이 들려오는 곡소리
술이 오가고
목소리가 높아지고
간간이 들려오는 웃음소리
喪家엔 역설적으로 생기가 돕니다

가족들은 슬퍼서
눈물 펑펑 흘리고
몇 살에 갔느냐고 묻는 사람
무슨 병으로 갔냐고 묻는 사람
참으로 다양합니다

일흔여덟이래요
고생하지 않고 알맞게 가셨구먼
사람 사는 세상 다 그런 것 아니겠나
세상은 늘
돌아간 사람만….

해야 할 텐데

새로운 시간을 위하여
열심히 달음박질쳐야 하는
한 남자의 처절한 외침

지난 일들은
괴롭고 슬픈 일도 있었고
아름다운 일도 있었고
후회되는 일도 있었지만

이제
구름처럼 흘러 흘러
철모르는 내가 지금부터
현실의 삶에 철들어갈 때

내가
살아 숨 쉬는 그날까지
시간을 아끼고
삶을 소중히 여기며
보람된 시간으로 마무리해야 할 텐데.

지금 우리는

시커먼 하늘만큼이나
거대한 회색 도시는 무덤덤하다
정규직과 비정규직
중소기업과 대기업
서로 얼굴 찡그리듯
밥그릇 차이는 엄청나고
광화문 사거리
함성과 피켓 춤을 추고
누가 최고냐고 자웅을 겨루는 마천루들
그 뒤엔
하우스 푸어
카 푸어
가계 부채 천 조
오늘도 풀죽은 모습으로 하루를 살아가는 대한민국 국민
그래도 정부와 언론은 오늘도 그럴싸한 記事로
예쁘게 彩色한다
지금 우리는.

우정

친하지는 않지만
이름 석 자 기억하던 친구가
우리의 곁을 뒤로하고
하나둘 낙엽 떨어지듯
떨어져 흩어질 때

못다 한 이야기를
못다 한 정담을
못다 한 술잔 꺾기를
못다 한 깊은 이야기를

멀지 않아
이런 추억 저런 추억
뒤로 감추고
아픔마저 사라질 때
아스라한 기억만 남아

조용히 아름다운 이름으로 남을 때
다시금 서로를 이해하고
살 속 깊이 스며드는 인생의 참맛을
느끼는 나이가 될 이즈음

모양 빠지는 술집에서

술 한 잔 마시며

깊이 있는 삶을 노래하며

하나둘 흩어진

우정이란 단어를 끄집어내어 보련다.

전나무의 전설

적막하기조차 한

월정사 전나무 숲을 형님과 함께 담소를 나누며 걸으니

발걸음조차 가볍고 설레기까지 한다

거대한 전나무의 전설을 알 수는 없지만

가는 구름 전나무에 걸려있고

오는 구름 전나무에 안부 전하니

이른 봄을 재촉하누나

늘

시끄러운 세상

형님들과 함께하는 이 시간이 여여하다

오늘의 시간이 이 전나무처럼 무척이나 커 보인다

이 전나무 숲의 물처럼

모든 일상이 천천히 깊게 천천히 흘러갔으면 하노라.

옛 생각

사랑방에 걸려있는 가마니 솥에서 거친
숨소리를 내뿜는다
아궁이에 골고루 삭정이 태워 불을 일으키면
곧바로 장작으로 화룡점정을 찍는다
설설 끓은 사랑방에 누워
군고구마 서너 개 금방 사라지고
포만감과 그 사랑방의 아늑함은 지금도 잊을 수가 없다
그러나 지금은
시간에 포로가 된 현실 속에서 그때 추억을
되새겨 보는 것만으로도 생기가 돌고
행복감을 느끼고 마음이 너그러워진다.

좋든 싫든

난 이 세상에 태어났으므로
좋든 싫든
하루 24시간을
소비해야 하는
의무를 지고 있으므로
좋든 싫든
삶을 살아야 하는 곤경에 처해 있다
좋든 싫든.

깊어가는 가을 풍경

깊어가는 가을
입가에 얇은 입김 서릴 때
무 하나에 무청 대여섯 잎
정초한 여인 화장하듯
하얀 서리에 곱게 물들었네

깊어가는 가을
입 앞에 얇은 입김 서릴 때
뒷동산 보리수 붉게 익어가고
뒷산 밤 주워 쪄 먹고 구워 먹고

깊어가는 가을
입가에 얇은 입김 서릴 때
엄마는 곶감 켜시고
아버지는
정성스레 새끼줄에 끼우시네
이 정겨운 깊어가는 가을의 풍경.

송사리와 어르신

동네 어르신
얼맹이와 된장을 들고
동내 개울 근처에 있는
둠벙으로 송사리 잡으러 나가시네

상상한 날씨에
벼는 익어가고 메뚜기는 살이 오르고
송사리 또한 통통하게 살이 오르고

얼맹이에 나무 자루 만들어
둠벙으로 사뿐히 내리고
그 위로 된장을 뿌리시네
송사리들은 이게 웬 떡이냐고
얼맹이 속으로 잘도 들어간다

동내 어르신
웃음 지으시며
부드럽게 얼맹이를 들어 올리시고
그러면 금방
송사리 두어 사발

살이 통통 오른
송사리는 천하 별미인
어죽이 되고
동내 어르신들 막걸리에
웃음꽃 피네.

한 덩어리로

당신을 끌어안는 순간
모든 시간은
뜨거운 체온이다
끈적끈적한 관념을 떠나
정념을 떠나
늘
껴안는 순간은
내재한 모든 것이
용솟음칩니다
체온에서 느끼는
달콤한 정신이
둘을
한 덩어리로 만듭니다.

늦었지만 우리는

각종 범죄가 판을 치고
정치인들의 어처구니없는 행태들은 끝이 없고
지식인의 지식 없는 행동들은 하늘을 찌르고
장관 지명자들의 폭발력 있는 의혹들은 끝없이 이어지고
정치 권력의 남용은 아직도 여전하고
경제 권력의 남용은 서민을 아프게 하고
소위 셀럽들의 도덕적 타락은 줄줄이 사탕이고
이놈의 전도된 가치
지금 우리는
늦었지만 외양간을 튼튼히 고쳐야 한다.

죽음의 죽음(의미)

꿀벌이 꿀통에 빠져 죽었다고
달콤한 죽음이라고
말할 수 있겠소
개구리가 물에 빠져 죽었다고
행복한 죽음이라고 말할 수 있겠소
주정뱅이가 술독에 빠져 죽었다고
행복한 죽음이라고 말할 수 있겠소
죽음에는
모두 다 절절한 사연이 있을 터인데.

無題

오늘은 일요일
대충 보내고 있다
하루를 뜻있게 보내려 했던
기세 좋은 마음도
언제 그랬냐는 듯
몸과 마음이
딴살림이다
멀리서 들려오는 고물 장수의 마이크 소리가
귓가에 스며들 때
난
바보 되어 힘없이 서성거린다.

내일부터는 친구로

그림자와
구름은 날 좋아하나 보다
시도 때도 없이
날 따라다니고 함께 하니 말일세
내일부터는
진지하게
친한 친구로 생각도 잘해야겠다.

되는대로 살아봐요

지난 세월
허무한 마음에 눈을 지그시 감고
나를 원망해도
남을 끼워 넣어도
소리 고래고래 질러 본들

지나버린 60여 년
처절한 아쉬움에 마음 미어지고
소주잔 들어도
맥주잔 들어도
막걸릿잔 들어도
머리가 혼란해져도

머리 위로 구름 지나듯
지나버린 60여 년
그 누구
지난 60여 년
돌려줄 수 없겠소

그렇게는 아니 되겠소이다
도저히 돌려줄 수 없으니
그냥
되는대로 살아봐요
지금부터라도.

역시 父母님은

참으로 오랫만에
허전함이 파도처럼 밀려온다
내가 어제저녁
술에 심하게 취해서
비틀거리며 귀가하고

냄비에 펄펄 끓어 맥없이 엉켜있는 라면 가닥처럼
하루 이틀 내내
세상과 어긋난 세상살이 속에서

다음날
일기를 쓰다가 문득 생각난
어머니의 의연하신 모습을 행동을
아버지의 냉철하고 포근하신 모습을 행동을
나의 마음에 생기를 돌게 한다.

세월

내 고향 집 지붕 위에
달 떠올라 초가집 환하게 비칠 때
귀뚜라미 풀벌레 구슬피 울 때
저 건너 수숫대 고개 숙이고
논에 벼 고개 푹 숙일 때
애처로워 보이듯
때론
어머니
아버지
허리 굽은 듯 애처로울 때가 있었지.

二律背反的

왜
코스모스가 봄에도 한여름에도 피냐고요
시도 때도 없이 피는 가을의 상징인 코스모스
이런 현상들이 곳곳에서 일어납니다
어떻게 이해해야 할까요
곳곳에서 벌어지는 二律背反適 상황들을
마음이 무겁습니다.

갈라진 민족의 비애

선배님!
우리의 민족은 한민족이 맞다면서요
그런 말 하지 마세요
난
이 시대를 살아가면서
너무나
異質化된 것만 같은
시대에 살고 있습니다
백 번
이백 번
단일 민족
백의민족
말들 하지만
순간순간
느껴지는 異質感은
어쩔 수 없습니다
남과 북이 말입니다
선배님!
우리 민족이 한민족이 맞습니까.

80년대나 2000년대나

자유 자유 자유
경제 경제 경제
집값 집값 집값
슬픔
눈물
분노
투쟁
갈등
소외
화해
이데올로기
통일
정치 실종
위기 상황
권력 남용
언제쯤 요런 단어들이 역사 속으로 사라질까
80년대나 2000년대나.

무엇이 문제인가

경제적 어려움으로
꽃다운 청춘이
시들은 꽃잎처럼 힘없이 떨어지고
우리는 그 꽃을 가슴으로는 주워 담으려 하지만
실제로는 주워 담을 수 없네

이 질곡의 세월 속에서
이 통곡의 시대 상황 속에서
끝내 차가운 주검으로 마주칠 때
우리는 혼돈으로 흩어지는 육신을 쳐다볼 뿐
아무런 행동을 못 하네

살아있는 정신과 패기는
어디 가고
서성거리는 기성세대가 슬픈 것은 도대체 무엇을 의미할까

질곡과 통곡이 늘 함께하는
시대적 상황이 슬픈 건가
아니면 그 면면을 헤아려주지 못하는 기득권 세력이 문제인가.

화투 이야기

작은 방에 네다섯 명
자유로운 자세로 뺑 둘러앉아
자리를 잡는다
오늘의 쓰리 고를 희망하면서

곧이어 뿌연 담배 연기에
판은 패는 돌아가고 취기도 오른다
각자의 패는 좋은지
덤으로 투 피짜리는 들어왔는지
광은 몇 개나 시장에 팔 것인지
참으로 진지한 모습 들이다

先부터 本게임은 시작되고
판에 쌍피 선보일 때
누가 걷어 갈까
조마조마하고
한번 먹다가 싸면 좋을 텐데
자뻑이나 한번 할까 효자 뻑이나 한번 할까

마음 같아서는
저 똥 쌍피나
구 쌍피 걷어오면
피박이나 면하고 원 고는 들어갈 텐데

그러나
인생이 그러하듯이
판에 깔린 쌍피를 웃으면서 두드렸건만
아니 이게 웬일인가
기분 나쁘게 싸버리고
몇 장의 피조차 사라져간다

저놈의 쌍피만 안 쌌어도
피박은 안 썼을 텐데
후회한들 무엇 하나
상대는 벌써 One Go 들어가고
난 또 피박이라네
어찌하오리까

인생의 축소판인 화투판
욕심부리면 돈 잃고
욕심부리면 돈 따고
사람의 마음을 웃고 울리는
화투판
화투판

사람의 심성을 들여다볼 수 있는 곳
화투판.

이건 아닌데

후배가
느닷없이 '이건 아닌데'라는 話頭를 던진다
그것도 12월에 말이다

이건 아닌데
이건 아닌데
여러 의미에서
깊은 뜻을 내포하고 있다

회한도 있는 것 같고
후회도 있는 것 같고
깊은 반성도 있는 것 같고
삶의 의미도 있어 보인다

삶을 살면서
인생을 살아가면서
나 아닌
다른 사람과의 만남은
만남 이상의 의미를 부여한다
숙제를 준다

오늘

한우는 아니지만

미국산 소고기에 술 한잔 나누지만

자리는 한우보다 우월하고 꽤 쓸 만한 만남의 시간이 아니었나 싶다

이건 아닌데

이건 아닌데

이건 아닌데.

고향 6

내 고향 청양
가을 하늘 높이
고추잠자리 날면
앞 들판엔 황금 물결 일렁이고
뒷밭엔 빨간 고추
마당 옆 돼지 지붕 위엔
누렇게 익어가는 호박과 둥구런 박이 기똥차고

어머니 아버지 형님은
들로 밭으로 나가시고
형수님과 조카들은
마당에 널은 고추와 씨름하고
마루 밑엔 녹슨 호미와 구멍 난 고무신

포푸리 잎 떨어져
개울 물에 떠내려갈 때면
아침 이슬에
남루한 아버지 어머니 바지 젖고

이
원당 가족들
오늘도
흙냄새 맡으면서 진솔하고 아름답게 열심히 살아가네
내
고향 청양 원당마을.

봄의 시간

바람 불면
흙먼지 날리는 밭둑에 새싹
힘차게 올라오고
엄동설한 견뎌온 보리는
예쁜 자태 뽐내고
벌과 나비는
벌써 꽃을 찾아 이곳저곳
길을 나선다
어김없이 찾아오는 봄의 시간들은
나에게
무한 감동을 선사한다
봄의 시간을 즐기자.

부모님과 보리

저 건너
산등성이 밭에 꼿꼿하게
자라는 보리

한 많은
아버지의
어머니의
지난
세월을 반추하네

어머니의
아버지의 세월은
저
산등성이의 보리 꺼럭처럼
예리하지는 못해도.

희망 사항

사람들이 정담을 나누고 있습니다
입가엔 미소와 웃음소리가 넘칩니다
그런 일상에서
하루를 소비하고 싶은 게 모두의 마음일 겁니다
서로가 서로를 위하는
대화가 소통으로 이어지는
그런 세상에서
하루하루를 소비하고 싶은 사람들이 많았으면 좋겠습니다.

한강의 제비

요즈음 기분이 좋습니다
보기 힘들었던 제비 가족이 찾아왔기 때문입니다
한강 위를 나는 제비 한 쌍
제비는
비상할 때가 아름답습니다
이곳에서 저곳으로
최첨단 드론보다도 예술적으로
날아오르는 제비 한 쌍
한강 잔디밭에 앉아 감상하는 것도
漢江의 人文學이 아닌가 싶습니다.

눈이 오면

눈이 오면
아침 일찍 일어나
제일 먼저 마당을 쓸고
신나게 학교에 가고

눈이 오면
이산 저산
형님들과 토끼몰이했던 생각나고

눈이 오면
텅 빈 논을 뛰어다니며 즐거워했고
눈이 오면
마음이 순수해지고 어려지는 것은 무엇일까요

눈이 오면
쭉 뻗은 신작로를 마음껏 뛰고 마음껏 달려보고 싶네요.

짧은 갈등

비가 온다
우산을 받쳐 들고 가는 사람 4명
우산 없이 가는 사람 6명

우산
출근길엔 귀찮은 존재
갈등이 생긴다

우산을 가지고 갈까
그냥 갈까
에라 그냥 가자

오늘은 다행이다
회사까지
무사히 왔으니
휴 살았다.

유년 시절의 추억

장마 뒤의 따사로운 햇살
방아깨비 잡아 방아 찧고
개구리 잡아 뒷다리 구워 먹고
여자 친구 고무줄놀이할 때
고무줄 자르고
하루에도 몇 번씩 저수지에서
냇가에서 헤엄치고 고기 잡던 유년 시절의 시간
옆집 아저씨 수박밭에서 수박 따고
호박 발로 걷어차고
개구리 신나게 노래할 때 돌멩이 던지던
유년 시절의 시간
생각해보면 그때 같이 놀던 얼굴들
난 지금
지난 시간을 너무 잊고 사는 게 아닐까
지난 유년 시절의 추억을.

지난 시간의 아쉬움

그 사람에게 잘할걸
그 시간을 아껴 쓸걸
그 일을 잘 처리했더라면
그 시험을 잘 봤더라면
그날은 왜 그랬을까
그 사람을 만났더라면
그 말을 할걸
그 말을 하지 않았더라면
그때 왜 그랬을까
지난 시간의 아쉬움.

종점

누구나 한 번쯤은 가야하는 길 죽음이다
그 누가 죽음을 거역하랴
사람들은 태어날 때부터
죽음의 종점에 가야 한다는 것을
너무 늦게 認知하고 살아간다
온종일 돌아다니던 버스가 종점에 도착하듯이
우리도 종점에 다가서고 있음을 인지해야 한다.

어느 가을에

어머니
아버지 묘소에도 가을이 찾아들어
정갈하게 깔린 잔디에도 연하게 가을이 찾아듭니다
그 잔디 위에 누어서 하늘 봅니다
구름도 유랑하면서 도란도란하고 이야기하는 것 같습니다
이 묘소에 계신
어머니
아버지도
가을의 뭉게구름처럼 지금도 도란도란
이야기 나누실까 궁금합니다.

세월의 무게

주름 늘어가는 얼굴에
머리숱도 비어가고
새로 해 넣은 임플란트 수도 늘어가고
병원도 자주 들락거리고
실비 보험 이야기도 늘고
보행기에 의지도 하고
이것을 목격하고 느끼고 체험하고 바라봐야 하는
우리 세대의 감정은 어떠합니까
이게 우리 세대의 무게입니다.

자운영꽃

이 무슨 횡재인가
한적한 논길을 걷다 보니
자운영꽃이 활짝 피었고 벌들이 축제를 벌이고 있습니다
옛날에는 흔히 볼 수 있었던 꽃이었는데
이젠
쉽사리 볼 수 없는 꽃이 아닌가
논둑에 앉아 마냥 쳐다봅니다
아름다운 시간이고 思惟의 시간이 아니고 무엇이겠습니까.

잡초

요놈들은
흙은 물론 흙먼지라도 있으면
싹을 틔우고
세상을 지배하려 합니다
흙은 물론 지붕 위
바위틈
아스팔트 갈라진 곳
사람들이 상상을 초월하는 곳에서도
싹을 틔우고 꽃을 피우고 씨앗을 쏟아냅니다
요놈들에게 때론 찬사를 보냅니다.

사랑이 숨 쉬는 곳

눈에 보이는
모든 산과 들은 사랑이 숨 쉬는 곳입니다
모는 것이 살아있기에 가능하고 모든 것이 현실인 곳입니다
작은 풀잎 작은 벌레 작은 나무 큰 나무 24시간 이야기하고
끝없이 소통하고 무한 상상력이 뿜어지는 곳입니다
산과 들
세상에서 가장 아름답고 치열하고 순수한 일상들이
끊임없이 펼쳐지는 곳입니다
이곳은 山의 人文學입니다.

容化의 變化는

태어나서부터 김용화이고
작년에도 김용화이고
올해도 김용화인데
해가 바뀌어도 이렇게 살아야 하나
바보같이
이름은 이름이여
내년에는 根本的 變化가 가능할까
Deep Change
과연
나 용화는 변화하고 있는가.

첫눈이 내리면

눈이 내리면 마당을 쓸고 싶다
어릴 적
새벽에 일어나 안마당 바깥마당
뒷간 외양간 샘터까지
아버지 형님과 함께 쓸었던 기억이 아직도 생생합니다
이제는
쓸고 싶어도 쓸어볼 수 없는 안타까운 도시의 시간
난
첫눈이 오면 마당을 쓸고 싶다
첫눈이 내리면.

이것들이

머릿속에서 쏟아지는
수많은 發想 空想 머릿속에 잘도 들락날락하고
지들 마음대로 날 고달프게 한다
이것들에게 어떤 벌을 줄까요
사형
징역 10년
그냥 내비둘까요
이것들을.

봄날 하얀 쌀밥과 들기름

하얀 쌀밥에
그림을 그립니다 수채화를
하얀 쌀밥에
고추장을 넣고
상추와 쑥갓을 넣고
아직 약이 덜 오른 풋고추를 손으로 잘라 넣어줍니다
거기에
들기름을 넣고 쓱쓱 싹싹 비벼줍니다
들기름 냄새가 집안을 채우고
입 안으로 빨려들어 갑니다
말은 안 해도
이것은 예술입니다.

고마니 풀처럼(또 다시)

사람들은
거친 장맛비에 휩쓸린 고마니 풀처럼
쓰러졌다 일어나
꽃을 피우고
또다시
사랑을 하고
희망을 노래한다.

자연이 주는 선물

이곳저곳 산과 들을 지납니다
산도 좋고 물도 좋습니다
운전하면서 좌우를 살피지만
저 절벽 후미진 곳에서
당당히 커가는 식물들을 보면 기가 막힙니다
아내 曰
운전이나 똑바로 하세요
그래도 좋다
저 절벽 후미진 곳의 식물들은
나에게 마음의 선물을 아낌없이 내어줍니다.

집으로 가는 이유

믿음과 행복이 숨 쉬는
집으로 향한다
가족의 포근함이 듬뿍 존재하는 집으로 갑니다
이것이
퇴근이 기다려지고 집으로 가는 이유다
더 이상 뭘
원하는가.

잡초에게

이름을 아는 잡초
이름을 모르는 잡초 왜 이리도 많은가
일주일 전에 깔끔하게 잡초를 정리했거늘
일 주 후에 찾았는데 이게 웬일인가
잡초로 카펫을 깔아 놓았으니
마치 나를 환영하듯이
사람에게 쓸모없는 잡초
잡초 자기에게는 어떨까
오늘만큼은 잡초에게 박수를 보낸다
왜
무지막지한 인간의 공격에도 자기를 지키고 있으니 말이다
얼마나 대단한가.

좋은 시절

철없이 이리저리
강아지처럼 쏘다닐 때도 좋았고
육십즈음에
아내와 함께 생각하며 느끼며 맛보며
살아가는 이때도
좋은 시절이다.

인생은 그런 겁니다

사람들은 시간 날 때마다 이야기합니다
후회 없이 살자
멋진 인생 살자
건강하게 살자
Rhetoric은 그럴싸하고 멋지지만
어디 하나 쉬운 게 있나요
인생은 후회와 반전이 있기에
오늘을 버티고 내일을 희망합니다
인생은 그런 겁니다.

소중한 사랑(사랑했는데 떠나)

여기도 사랑
저기도 사랑
사랑이 넘치는 대한민국입니다
그런데 왜 그렇게 많은 사람이 사랑을 뒤로하고 떠날까요
그 단단하고 견고했던 사랑 사랑 사랑이
속절없이 여기저기서 떠납니다
사랑은 보지지 않기 때문에 소중하게
다루어야 합니다
마치 썩은 동아줄로 황소 다루듯이 말입니다
그래야 사랑은 사랑으로 오래오래 떠나지 않습니다.

人生은 짧고 藝術은 길다

할머니 할아버지가 다정히 손잡고 걸어가십니다
서두르지 않고 천천히 천천히 느리게 느리게
왜 그럴까요
할머니 할아버지의 세월이 얼마 남지 않았기 때문입니다
그래서 인생은 짧고 예술은 길다고 했나 봅니다.

인생무상

인생은 시험 삼아
사는 게 아니거늘
반복되는 일상에
지루함도 존재하고
신비감도 존재하고
살아가는 재미도 있고
혹자는
물 흐르듯 살자고 외치건만
반문해본다
물도 때로는 낭떠러지에 떨어지고
돌에 차이고 나무에 걸리고 부딪혀 흐른다
인생 백 년을 산다 해도
물이 흘러 바다로 가듯이
우리도 과정을 거쳐 그런 목적지에 도달하리니.

명아주와 환삼덩굴

이 지독한 명아주와 환삼덩굴
기름진 땅이든
척박한 땅이든
기름기 좔좔 흘리며 잘도 큰다
특히 환삼덩굴은 가시까지 있어 피를 불러오기도 한다
명아주는 한시에도 자주 등장하고
옛사람들은 나물로도 먹었단다
이 두 가지의 식물들은 나에게
적일까 친구일까.

텃밭처럼

삶이란 텃밭이에요
씨 뿌리고 가꾸고
정성껏 교감을 해야 하지요
거저 얻어지는
행복한 삶이 있겠어요
늘
텃밭처럼 손을 봐야 합니다.

하나가 되어

땅 하늘 태양 물
모두가 하나 되어 거대한 숲을 이루고
그 속에 존재하는 담대한 에너지를
세상 사람들에게 아낌없이 내어줍니다
이것 또한
지구의 人文學입니다.

빠르게와 천천히

빨리 뛰면 목적지에
빨리 갈 수 있지만 천천히 걸으면
세상과 소통하며 생각의 문이 열립니다
우사인 볼트의 100m 달리기는
순식간에 끝이 나기에
감동도 잠깐입니다
그러나
이봉주의 마라톤은 물도 마시고
소통하고 고통이 존재하기에
긴 감동을 전합니다.

마음의 門

마음을 닫으면 갇히지만
열면 통로가 되는 게 마음인데
근데
쉽지가 않아요
상대가 사람이기 때문입니다
해서 마음의 문 열기가 쉽지 않아요
그래요
안 그래요.

오전에 밭일을 끝내고

오전에 밭일을 끝내고
점심을 먹고
난간에 기대 앉아
앞 들녘을 바라봅니다
아직은
춘풍이 썰렁하지만
개울가 산수유꽃 노랗게 웃음 짓고
버들은 푸른색으로 옷을 갈아입습니다
뒷산의 비둘기는 꾸욱꾸욱
아 이 시간이 그냥 좋습니다.

응급실

혼잡합니다
비명이 납니다
울음소리가 나고 탄식이 쏟아집니다
아픈 사람들이 밀려들어 옵니다
생의 기로에선 절박한 환자들이
아우성인 이곳은 응급실입니다
부디
건강하게 퇴원하옵소서.

老人亭엔

동네 어느 곳에 나 하나씩 있는 노인정엔
많은 사연이 녹아 있다
이런저런
인생 이야기가 전설처럼 살아 숨 쉰다
오고 간 어르신들에 의해서
삶의 진솔한 철학이 샘물처럼 쉼 없이 솟아나고 있다
어르신들의 진면목이 살아 숨 쉬는 인생 이야기가
전설처럼 퍼져서 세대 간 간극을 좁혔으면 합니다.

자주 꾸세요

사람들은 꿈을 이야기하고
꿈보다 해몽에 열심입니다
꿈은 이루어질 수 없기에 꿈이라 하지요
허나
무한 상상력을 내어주는 자유로움 꿈
가능하면 자주 꿈을 꾸세요.

어느 가을날

솔바람 불어
흰 구름 찾아오니
황금 들녘 풍요롭고
잠자리도 휘휘 날며
가을을 만끽하고
들녘 한쪽에선
팥과 콩이 톡톡 수없이 대화를 하고
방아깨비 다다닥
지나가는 가을을 아쉬워하네.

사랑의 시그널

오늘
기분이 삼삼한데
어쩔 거여
오늘
한번 당길까.

행복 한 가마니

작년에 이어 올해도 靑陽 本家에 형제들 모여
맛있는 음식 먹으며 정담 나누고 웃음 넘치니
마음 넉넉해집니다
식후
청양 형님 따라 뒷산과
동네 한 바퀴 걸으니
마음 넉넉하고 미소가 넘칩니다
차 한잔 나누며
소 외양간 가보고
앞산의 소나무를 바라보고
집 앞 들녘을 바라보니
마음이 넉넉해집니다
소소하지만 묵직하고 소중한 시간이 흘러갑니다.

역습

아직은 건강하다고
밤낮으로
연기를 피우고
소주잔을 들고
맥주잔을 흔들어 대니
소주와 맥주와 연기가
사람을 먹어 치웁니다.

욕심

어릴 적 여름방학 때
뒤꼍에서 대나무를 잘라
낚싯대 만들고 두엄더미 옆을 호미로 파
지렁이를 잡아
저수지로 향합니다
낚시하는 것은
큰 고기를 잡기 위함일진대
낚시에 걸려드는 것은 잔챙이 중태기 뿐
그래 잔챙이면 어떠냐
언젠가는 큰 놈 한 마리는 잡겠지
낚시하는 것이
잔챙이를 잡자는 뜻은 아닐 테니.

내가 주인이요

저 산의 소나무는 소나무가 주인이요
저 들판의 잡초는 잡초가 주인이요
저 고목의 둥지는 새가 주인이라네
세상 어느 곳
주인 없는 자리가 있을까.

다듬이질

어머니와 누나의 다듬이질
그렇게 구성질 수가 없다
하얀 아버지의 옷을
다듬이 위에 올려놓고
다듬이질을 한다
다다닥 다다닥
어머니 한번 다다닥
누나 한번 다다닥
참으로 정겨운 소리였다
내 나이 육십즈음에
그
시간을 기억하니 오늘 저녁은
넉넉한 시간이로구나.

분재처럼 아니면...

분재처럼 기계적인 삶을 살아갈까요
아니면
저 앞산의 나무들처럼 자유스러운 삶을 살아갈까요
분재처럼 살아도
자유롭게 살아도
우리는 지금
어떤 삶을 살고 있나요.

다른 소식 없나요

아침 뉴스에도 정치 경제
정오 뉴스에도 정치 경제
저녁 뉴스에도 정치 경제
이게 뉴스인가
그냥 전달하는 건가
여기에서도 그 소리
저기에서도 그 소리
그러니
국민은 어느 뉴스에 귀담으란 말인가
오늘도 국민의 마음은 얽히고설키고
척박해지고 얄팍해지는 것 같아 서글프다오.

눈을 감고

세상의 사물은 눈을 떠야 봅니다
눈을 부릅떠야
이 복잡한 회색 도시에서 살아갑니다
그러나
가끔은 눈을 감으면
60년 인생이 보입니다
주마등처럼 말입니다.

장인어른의 모시 적삼

장모님의 애정과 정성이 듬뿍 담긴 장인어른의 모시 적삼
더운 여름이면 생각납니다
듬직하신 풍채에서 뿜어져 나오는 품격이 흘러넘쳤습니다
장인어른의 모시 적삼
부채 들고 천천히 나긋나긋
미소 지으시며 마당을 걷던 모습이
눈에 선합니다
마당 뒤편 야산에서 매미가 울 때면
장인어른의 모시 적삼이 더더욱 생각납니다
다시 한번 모시 적삼을 보고 싶습니다.

알랑가 모를랑가

7월이라
푸르러만 가는
드넓은 논배미 위로
제비 떼 지어 먹이 찾아 날고
추녀 밑
철없는 제비 새끼는
목 빠지게 먹이를 기다리고
제비 새끼들도
부모의 노고를 알랑가 모를랑가.

힘을 보탭시다

대한민국의 어머니 아버지들은
고민을 넘는 고민을 합니다
인생을 고민하고
가족 구성원을 고민하고
노후를 걱정하고 건강을 걱정합니다
문제는 고민은 고민을 양산할 뿐
적절한 해결 방법이 없다는 것입니다
대한민국의 젊은이들이여
어머니 아버지의
활기찬 노후를 위하여 힘을 보태야 합니다.

들어보고 싶은 소리

명쾌한 꾀꼬리 소리를 들어본 적 언제인가
개구리 소리 들어본 지 언제인가
맹꽁이 울음소리 들어본 지 언제인가
아궁이 장작 타는 소리 들어본 지 언제인가
솥뚜껑 여닫는 소리 들어본 지 언제인가
도리깨질하는 소리 들어본 지 언제인가
그 외 많은 소리를 듣고 싶어집니다.

가을 마음

짙은 안개 뚫고 떠오르는 태양
새벽에 내린
영롱한 이슬은
해 뜨자
흔적도 없이 사라지고
장독대 뒤에 있는
밤나무에서는
무심히 한 알 두 알
장독대 위로 떨어지고
어느새
다람쥐 어슬렁어슬렁
주인과 삿대질하는 가을.

生活權力

정치 권력

경제 권력

아닙니다

생활 권력이란 단어를 쓰고 싶습니다

사계절 물이 마르지 않는 한강

잠실 대교에서 서울 숲까지의 유려한 녹색 벨트

어린이 대공원

아차산

건국대학교

세종대학교

한양대학교

강 건너는 강남이랍니다

이렇게 멋진 지역이 서울에 있을까요

이것이

生活權力이 아니고 무엇이겠습니까

이제는 생활권력의 시대입니다.

제자리

어제
낮부터 저녁까지
세찬 비가 오더니
냇가는 흙탕물로 변했네
하루 지난 오늘은
언제 그랬냐는 듯
오늘은 맑은 물로 변하여
자갈과 모래는 빛나고
종달새는 모래밭을 종종걸음으로 걷고
백로는 배고픔을 채우려 감내하누나.

따뜻한 겨울 준비(추억 여행)

가을걷이를 끝내고
찬 바람이 분다
안마당에서는 어머니와 동네 친구 어머니들이 김장을 하고
바깥마당에선
아버지와 동네 어르신들이 지붕을 덮을
나래를 만들고 용고세를 트신다
기나긴 겨울을 준비하는 것이다
이 지난 시간을 반추해보는 지금이.

함께했거늘

어제 한 사람 떠나고
오늘 한 사람 태어났다
어제 한 사람 가고
오늘 한 사람 태어난들
무슨 상관인가
세상은 늘
그렇게 피고 지는 것을 반복했거늘
서러워하지 마오
기뻐하지 마오
세상은 늘
슬픔과 기쁨이 함께했거늘.

무거운 봄

봄바람에 이곳저곳에서
꽃이 피기 시작하고
세상은 평온한 듯한데
개울 건너 나무에선
참새가 노란 산수유꽃에 입맞춤하고 있는데
난 왠지
바람 앞의 등불처럼
마음이 무겁기만 하구나.

필요해요

도시의 밤은 짧아요
도시의 꿈꿀 시간이 있나요
새벽만 찾아오는 느낌이에요
밤이나 새벽이나 불빛 찬란하고
도시에
긴 밤은 있나요
지친 몸 포근히 감싸고 잠잘 때 덤으로 얻어지는
꿈꿀 시간이 필요해요.

지독한 兩面性

복도 양쪽에 쭉 늘어선 조화
상주는 슬퍼하고 객들은 웃는다
꽃 또한 화려하기 그지없다
무슨 의미일까
세상의 모든 사람은 언젠가 세상과 등져야 하거늘
喪家엔 언젠가도 있지만
不義 때문에 세상과 등지기도 한다
이 불편한 두 가지의 현실이 공존하는 喪家
이 지독한 한 공간의 兩面性.

또 다른 친구

용화 친구 사는 곳이 어딘가
강남
자양동
잠실
구리
인천
아닐세
새로운 친구를 사귀었다네
용화의 새 친구는
구름이고 태양이고 나무이고 달빛이고 꽃이고 빗방울이라네
언제 어디서나 만나고 마음껏 이야기한다네
때론 이런 친구가 필요하다네.

기대되는 시간

봄의 잎채소 전성기가 지나고
6월 말부터는 열매채소 계절입니다
오이 토마토 자두가 줄을 섭니다
특히 오이는 땀이 날 때 옷깃에 쓱쓱 문질러서 먹으면
풋풋한 향이 일품입니다
열매채소가 익어가는 계절은 풍성할 뿐만 아니라
깊어가는 여름을 알리는 선도자입니다.

역지사지

텃밭에 나가면
마음이 더 갑니다
손길이 더 갑니다
쭉 뻗은 오이
쭉 뻗은 가지
잘 익은 사과와 배
한 번쯤은 뒤집어 생각해봅니다
곱사등 오이를
곱사등 가지를
한쪽에 벌레 먹은 사과와 배를
인생에서도 때론
역지사지를 생각해봅니다
역지사지를.

한 장면

우리는 논에서 썰매를 타고
아버지는 닭집을 고치시고
어머니는 부엌에서 불을 때고 계시고
옆 아궁이에서는 맛있는 고구마가 냄새를 뿜어댄다
내 어릴 적 겨울의 한 장면.

비가 오면

오랜 가뭄 끝에 단비가 내린다
비가 내리면
귀찮기보다는 이렇게 하고 싶다
옛날을 기억해본다
옛날을 추억하고 싶다
학교 운동장에서 비를 맞으며 비닐 공을 차고
하굣길에 비포장 신작로를 비를 맞으며 신나게 뛰었고
찢어진 우산을 들고 친구들과 함께했던
시간이 생각난다
비가 오면 마루에 앉아 찐 감자를 먹었고
낮잠을 자곤 했다
오늘 단비가 내리니 이런저런 생각을 해본다.

아귀다툼

참새와는 닭장의 닭 모이를 탐내고
까치와 비둘기는 장모님이 파종한 씨앗을 탐하고
뒷집 고양이와 개는 쓰레기통을 탐하고
그래도 양반인 꿀벌은 꿀을 탐하누나
우리 사회에 아귀다툼이 치열하듯이
자연도 그렇게 그렇게 변해가고 있다오.

해본 적이 있는가

近者에
살구를 따 본 적이 있는가
자두를 따 본 적이 있는가
시장에 가보면 그 먹음직스러운 과일인
자두와 살구 따본 적이 있는가
7월 어느 날
탐스럽지도 않은 소박한 과일이지만
나무에서 딴다는 것에 무게를 두고 싶다
오이 토마토 고추 대추 옥수수 사과 배를
따볼 수 있는 난 행복한 사람이다.

최고의 작품

때로는
아버지가 도화지
어머니는 크레용
때로는
아버지가 크레용
어머니가 도화지
팔십 평생 그린 인생의 그림들은
자식이 보았을 땐
명품 중의 명품입니다.

호사 2

청라에서 출발하는 맑은 물
옥계를 거쳐 예당으로 흐르니
고기도 많고
여기저기서 새들도 모여드누나
뚝방에 앉아
방한리 앞뜰을 바라보니
마음도 넓어지고
회색 도시에 갇혀 사는 내가
비좁은 어항에 들어 있는 금붕어 신세 같은데
아, 이 신록의 시간에 드넓은 들을 바라보는
지금의 순간이 호사다 호사.

말한 대로만

내가 비밀이라고 말했으니
다른 사람에게 말하지 마시오
허나
사람들은 자리를 옮기니 얹고 얹어서
부풀리고 부풀려서 세상을 흔들고
자기 자신을 흔든다
말할 거면 말한 대로만 전해주시오
말한 대로만 정확하게 말해주시오.

Rhetoric 天國

기대됩니다
예상합니다
해봐야 압니다
좋아질 겁니다
조금만 기다려주세요
믿어주세요
그렇게 되도록 하겠습니다
나아질 겁니다
그렇게 해야죠.

나를 키운 쓸데없는 짓

가을
논두렁에 가지런히 쭉 세워놓았던 볏단
그 위에
둥근달이 떠오르면 어린 나이에도 멋이 있었다네
난
어른들 몰래
볏단을 뛰어넘고 무너뜨리고
참으로 쓸데없는 짓을 많이 했다네
그 무모한 행동들이 지금의 나를
성장시켰다네.

쓸 만한 용화의 Collection

평생을 살았어도
마음에 드는 일 별로 없지만
그래도 한가지 마음을 흐뭇하게 하는 것이 있다네
장식장에 가지런히 꽂혀있는 일천여 장의 레코드판
도자기 몇 점
시간 날 때
심심할 때
한 번씩은 듣고
감상하고
오늘부터 다시
모두 들어볼까 한다네.

우물 하나 파서(2018년에는)

마음의 우물 하나 파서
마음껏 마셔야겠다
바가지로 퍼 올리지는 못하지만
늘
마르지 않는 우물처럼
언제나
솟아나는 에너지를 뽑아 마셔야겠다
마음과 생각의 우물 하나 파서.

난 무엇을

냇가에 오리 몇 마리
이리저리 유영하고
한쪽에선
피라미 뛰어오르네
조용히 뚝방길 걷다 보면
순박한 자연의 모습에
반할 수밖에 없다네
이 순수한 자연의 깊은 맛에
난 깊이 빠져들고
이 자연의 자연스러운 현상들에 무슨 이의를 제기하겠나
이 멋진 모습에.

이천 갓골의 어느날

이장 집 대문 옆엔
강아지 졸고 있고
우리 집 자두나무 밑엔
천호네 고양이가 졸고 있고
하늘엔 뭉게구름 두둥실 어디론가 떠나고
뒷산에서는 오목눈이와 뻐꾸기 비둘기가
세월의 노래를 부른다
이 평화로운 갓골의 어느 날.

248

정신적 르네상스 시대

용화네 텔레비전 놓았다고
뒷산에서 안테나 돌리고
전파 잡혔다고 소리치고
김일 박치기에
수사반장에
시간 가는 줄 몰랐던 지난 Analogue 시절의 추억
지금은 Digital 시대
그때의 천배 만배 풍요로운 시대인데
왜 이리도 공허할까
아 그때가 정신적인 Renaissance 시대가 아니었을까.

그때를 기억합니다

서리 맞은 새파란 무청
정말 보기 좋구나
하늘에서 내린 하얀 물감 햇살에 사라지고
푸른 무청만 우두커니 서 있네
하굣길에 한두 번쯤은 탐냈던
땅 위로 쑥 올라와 있던 무
새하얀 무와
새파란 무청
그때를 기억합니다.

친구들의 다양성

한 친구는 식품 회사를 운영하고
한 친구는 의류 사업을 하고
한 친구는 전기 사업을 하고
한 친구는 건축 자재 회사에 다니고
한 친구는 장례업에 종사하고
한 친구는 포클레인 사업을 하고
한 친구는 펜션을 하고
한 친구는 농업에 종사하고
한 친구는 애견 사업을 하고
친구들의 다양성에 贊辭를 보냅니다.

소통하는 나무들

상수리나무도
밤나무도
은행나무도
도토리나무도 말을 합니다
스스로 커가면서 바람에 흔들리지만
이 나무들은 말을 합니다
스스로를 떨어트리면서
땅과 끊임없이 소통을 합니다.

마늘의 믿음

지난해
10월에 심은 벌거벗은 마늘은
그 추운 겨울을 온전히 견디며 새싹을 올립니다
마늘 요놈도 버릴 게 없습니다
갓 올라온 줄기는 초무침 해도 좋고
5월 말에서 6월 초에 마늘 줄기 한가운데서 올라오는 마늘종도
생으로 먹어도 좋고 멸치와 함께해도 좋고
장아찌로 먹어도 좋습니다
6월 하순에 수확한 실한 놈들을 헛간에 매달아 놓으면
볼 때마다 흐뭇합니다
마늘은 나를 마음의 부자로 만듭니다.

종합예술

어른들의 삶이란
어린아이의 소꿉장난이 아닙니다
도화지에 그리는 그림도 아닙니다
썼다가 지웠다 하는 것도 아닙니다
어른들의 삶은 종합예술이기에
온갖 정성을 다해서 함께
꾸며가야 합니다.

골똘함

해 질 무렵 뚝방에 홀로 앉아
뭘 그리
골똘히 생각하는가
인생에 대하여 골똘함은 물론
세상의 짐을 다 지고 가는 것 같은
나의
골똘함의 끝은 어디인가
그야
죽어서야 끝나지 않겠나
살아가는 동안
골똘함에서 벗어날 수 있을까
없겠지요
세월이 날 버리고
내가
세월을 등질 때까지.

남은 시간을 위하여

한 이불 덮은 지 26년이 흘렀네
26년이 100년 된 듯하고
때론 엊그제 같은데
얼크렁설크렁 티격태격
정담을 나누며 걸어온 길을 기억하네
앞으로 기억될 날들을
차분하게 차곡차곡 쌓아가보렵니다
서로가 서로를 아끼며 사랑하며
여생을 위하여.

괜한 걱정

고추 오이 심은 지 얼마 안 되었는데
밤새 세찬 비바람 치니
꽃이 떨어질까
가지가 부러질까
걱정이 태산이라오
아침 일찍 일어나
텃밭을 살피니
걱정은 걱정이었고
오이와 고추는
아침 햇살에 춤을 추고 있었네.

즐기세요

온종일 향락객 끝없이 이어지고
남녀노소 웃음소리 메아리치고
열심히 일한 자 떠나란 이야기처럼
주말을 즐기세요
대한민국의 일중독자들이여
주말만큼은 즐기세요 즐겨
외국이든 국내든 서재든 주말 농장이든
할 일에 몰두하고 마음을 채우세요
거창한 구호보단 실제 상황을
이것 또한 思惟이고
즐거움의 人文學입니다.

가을의 전설을 기대하며

어젯밤 세차게 비가 왔네
형님 새벽에 일어나셔서
삽 들고 논으로 향하시네
형님의 그 정성에 벼들은 무럭무럭
자라고 있네
형님과 형수님의 땀방울과 정성은 가을의 전설을
기대하신다
가을의 전설을.

그해 겨울의 기억

추운 겨울
사랑방에서는 동네 형님 어르신들
새끼 꼬고 가마니치고 돗자리 만들고
빗자루 만들고
쉴 틈이 없어라
동네 형님들
삽 들고 양재기 양동이 들고 들로 향한다
개울 湺(보)를 품어 고기를 잡아 어죽을 끓이고
소주를 품고
막걸리를 품고
화투를 치고
윷놀이도 하고
그해 겨울도 그렇게 그렇게
지나갔네
뚜렷이 기억나는 유년 시절의 확실한 기억.

어리석은 政治人들

식물을 비웃지 마시오
동물을 비웃지 마시오
철새를 비웃지 마시오
어떤 놈이
식물 국회라고 했나요
어떤 놈이
동물 국회라고 했나요
어떤 놈이
철새 국회라고 했나요
식물이
동물이
철새가 비웃습니다
식물은 스스로 커가고 스스로 치유하고
동물은 자연스럽게 스스로를 지켜가고 생존하고
철새는 계절에 따라 자기 영역을 찾아 자유롭게 이동하는데
왜
식물을
동물을
철새를 정치인에 비교할까요
어리석은 정치인들아.

쓸 만한 하루를 위하여

아침 6시 알람은 귀를 때리고
아내가 정성스럽게 차려준 밥상
뚝딱 한 숟가락 목 넘기고
차를 몰아 길을 나선다
아직도 화려한 불빛 살아있는 겨울 새벽
여기저기에서 각자의 길을 재촉한다
오늘도
치열한 하루의 시작을 한 것이다
무엇이 이토록 치열한 의무를 졌을까
아 대한민국의 국민이여
오늘 하루라도 쓸 만한 하루를 보내십시오.

싸가지가 좀

얼굴 예쁜 거야
남에게 떨어지겠소
돈이 많아 강남 가서 고쳤으니 말이오
많이 배운들
몸매가 좋은들
경제가 좋은들 무엇에 쓸리오
어떠하게 성장하여
싸가지가 없다고 하니 말이오.

어느 봄날의 풍경

바람이 불지만
따스한 봄날이다
텃밭엔 작년에 심은 마늘이
새파란 줄기를 뿜어 올리고
밭 한쪽에서는 대파도 자기를 보란 듯
새 파란 자태를 뽐낸다
마당 한쪽에 자리 잡은 수돗가에선
장모님께서 겉절이용 배추를 손질하신다
난 올해 처음으로 체리나무 다섯 그루를 심고
표지판을 세워본다
그곳엔
자두나무 감나무 대추나무
상사화란 꽃도 심겨 있다
김치를 담그고 유실수를 심고
장독대 옆 자두나무에서는
꽃봉오리 터트릴 준비를 하고 있으니
이게 봄이 오는 봄바람의 연애가 아닐까 싶다.

참된 모습

나이가 들수록 눈과 정신 흐려지고
마음까지 뒤숭숭하니
은퇴하면 무엇을 할까 고민에 고민 더하고
언제쯤이면 구부러지고 헝클어진
나의 참된 모습을 찾을까
앞으로 계속
세월이 흐르고 흐르면
늙음이 몸을 지배할 텐데
나의
참된 모습은 어디쯤에서 찾을까
나의 참된 모습을.

Eroticism

한 여인의
부드러운 브래지어 클립을 열고
한 사내의 따뜻하고 섬세한 속삭임은
그 여인의
입술과 가슴을 파고든다
빨간 심장은 금세 타오르고
경쾌함으로 튕겨대는 몸뚱어리
아 폭발하는 Eroticism.

부디 꿈을 이루소서

수많은 출근 차량
오늘 하루도 꿈 찾아 희망 찾아 떠나네
가족의 안녕
나의 꿈
회사의 발전
나라의 희망을 바라보며
너 나 없이 동서남북으로 흩어졌다
저녁이 되면 둥지로 모여들고
둥지를 잃은 사람은 더더욱 힘을 내고
수없이 반복과 반복을 거듭하는 회색 도시의 群像들이여
부디 현실의 꿈을 이루소서.

매한가지

어둠이 찾아오니
산새들 울어대고
닭장 속 닭들은 함께 모여 꿈뻑꿈뻑 졸고 있고
외양간 소는 큰 눈 꿈뻑꿈뻑하며 되새김하고 있네
바쁜 낮이나 느슨한 밤이나 바쁘긴 매한가지
사람 사는 세상이나
자연의 이치나 매한가지일세.

도시의 집값

몇억에서 수십억
매년 뛸 대로 뛰는 서울의 집값
거기에는 누가 살까
이 바보야
사람이 살겠지
이 어마어마한 도시의 집값
칭찬해야 할까
부러워해야 할까
손가락질 해야 할까
이 미친 도시의 집값
무슨 의미이며
우리에게 무엇으로 다가오고 있는 걸까.

바람

어제는 우울하게 보냈으니
오늘은
의미 있고 즐거움을 얻을 수 있는
근사한 일 하나 만들어볼까 한다
오늘은
재미형으로 보내고
내일은 의미형으로 보내자.

감자를 심으며

네 가족이 모여
정성스럽게 이랑과 고랑을 만들고 비닐을 씌운다
한 사람은 막대기로 구멍을 뚫고
두 사람은 감자를 넣고 흙 이불을 덮는다
난 빗물이 잘 빠지게 감자밭 외곽을 정리하고
돌을 고른다
三月에 심은 감자는
六月에 수확하고
매력적인 음식으로
간결하고 소박한 간식거리로 거듭나는
감자의 무한 변신은
창조이고 소통이고
경청이 아닌가 싶다.

Espresso

분위기에 휩싸여
진하고 진한 에스프레소 한잔 마시니
고독은커녕
음미는커녕
입안에 독기가 넘칩니다
사람은 스스로를 알아야 합니다.

농익은 부부

제아무리 미인을 아내로
제아무리 미남을 남편으로 맞이했어도
마음과 가치관이 어그러진다면
무슨 소용이 있겠습니까
자연의 꿩을 잡아 우리에 넣고
아무리 맛있는 모이를 줘도
꿩은 자연을 생각고 탈출하려 하듯이
부부는 함께 어우러져야
忍苦의 세월을 녹여내야
진정한 농익은 부부가 아니겠소.

언제나 준비(청양 형님을 생각하며)

12월에 靑陽 本家에 내려가니
형님은 벌써 내년 봄을 준비하시고
집 옆 공터엔 고추 보호대들이
가지런히 놓여있고
가지치기한 나무 잔가지들도
한 다발씩 잘 정리되어 있고
이제 형님도 나이든 농부인데
한결같이 봄을 준비하는 것은
농부의 정신이고 철학인가 봅니다.

心亂한 마음

父母님 부지런히 돈 모아
딸 아들 잘 키워 대학엘 보냈건만
취업 안 되어 애간장 태우네
연일 뉴스에
경제가 나쁘다고
취업 문이 좁다고 아우성이니
아
우리 세대의 딸 아들은 언제나 취업할까
전국의 부모들은
마음이 심란하다오.

봄비를 기다리며

봄비는
메마른 대지를 소리 없이 적시고
마른 대지는
어김없이 새 생명을 잉태한다
우리는
이 봄비를
생명의 비라고 예찬한다
봄비를 기다리며
새로운 탄생을 기다리며.

자양동으로 가야 할 시간

여든을 훌쩍 넘으셨지만
아직도 고운 丈母님
아직도 운전대도 잡으시고
지금은 이천 관리에 상주하고 계시고
텃밭 이상의 농사 일도 하고 계시고
아침 일찍 아내와 함께 와서
丈母님과 시간을 보내고
이젠 서울로 떠나야 할 시간이 다가오니
마음이 무겁기만 합니다
우리 부부가 떠나면 혼자 계실 텐데
안타깝기 그지없습니다
장모님은 이층 계단에서 손을 흔드시고
이 간단하고 단순한 순간이지만
아쉬움과 쓸쓸함이 교차합니다
허나
우리 부부도 일상의 일 때문에 떠나야 합니다
마당 한쪽에 자동차가 기다립니다
아 이 시간을 어찌할까요.

두렵습니다

고향에 개나리 진달래
흐드러지게 피었다는데
떠도는 나그네도 아닌데
고향엘 자주 가보지 못한다네
낮에는 햇빛 따스하고
밤에는 달빛 여유로운데
꿈 찾아 올라온 도시
가끔은 고향 갈 생각을 하지만
육십즈음의 사내의 밋밋하고 소박한
꿈이 사라질까 두렵습니다.

희망가

이곳저곳에서 꽃들이 만발하는데
꽃의 향기 취할 수 없고
꽃의 아름다움을 볼 수 없네
대한민국의 어떤 취업준비생이
봄 소식 취할 수 있으랴
도서관에서 쪽방에서
책상에서 미래를 설계하는데
아 이 지독한 봄의 시름이여
그래도 내일의 청춘들에게 박수를 보냅니다.

혐오 사회

하찮은 꽃이라도
꽃이 필 땐 品格이 있을 터인데 하물며
세상에 존재하는 최고의 인격체인
사람이
품격은 고사하고
상대를 짓밟고 뭉개고
이게 사람이 할 짓인가
약하게 이야기해서
쪽바리
조센징
국바리
짱개 등등
올곧은 사람 사는 세상은 언제나 오려나
아 지독한 대한민국의 혐오 사회여.

맷돌과 절구의 포용 정신

맷돌과 절구는
포용과 융합의 상징이 아닐까
맷돌의 좁은 입구에 들어가면
넓게 즙이 되어 쏟아진다
모든 것을 하나 되게 융합과 경유와 분산을 이야기한다
절구 또한 융화되고 경청되어
하나의 큰 조화를 만들어낸다
이 맷돌과 절구의 포용과 융합을 예찬하고 싶다
이 복잡하고 다양한 현대 생활 속에서
소박하지만 거대한 담론을 시사해주는 것 같다.

세 치의 혀

사람의 그 짧은 혀는
온갖 맛을 구별하여 목구멍으로 넘긴다
그 세 치의 예리함은
상대를 죽음으로 몰아가기도 하고
살리기도 한다
평소에 안 보이는 이 세 치의 혀는
갑자기
툭 튀어나와 아름다움을 선사하기도 하고
때론 욕망을 채우기도 한다.

가족 사랑

포항 해병대 훈련소 넓은 광장
1월 중순 바람이 불고
많은 가족이 아들의 입소를 걱정하며 바라봅니다
입소식이 끝나고 광장에 서 있는 아들을
서로가 마주 봅니다
빡빡 깎은 머리에 앳된 얼굴에 긴장감이
역력히 찾아올 때
굉장에 울려 퍼지는 순백의 노래
나실 때 괴로움 다 잊으시고
이때부터 훌쩍거립니다.
할머니
할아버지
어머니
아버지 그리고 반대쪽에 서 있는 아들들도
훌쩍거리며 눈물을 훔칩니다
이 광경은 잠시 스쳐 가지만
긴 여운이 남는 사랑이고 애정이고 家族愛입니다.

소주와 맥주의 결합은 유죄입니다

소주 맥주
테이블 위에 나란히 등장하네요
소주잔 맥주잔
서로 윙크하고
서로가 서로에게 포개어집니다
소맥을 사이에 두고 고기는 지글지글
이 광경을 목격하고 모두 흐뭇해하네요
드디어
소맥의 향연이 이루어지고
하룻저녁의 로맨스가 진하게 이루어지네요
다음 날 아침
소맥의 결합은 유죄라는 것을 인정하네요.

편견

영화에서 전라도 사투리는 대중문화 속에서
주로 폭력적이고 부정적으로 그려지곤 한다
전라도 사투리를 사용함으로써 지역에 대한 편견을 조장한다
충청도 사투리 또한 편견을 가지고 있는 것도
부인할 수 없는 사실이다
눈에 보이는 이 사회적 지독한 편견을 어찌하오리까.

어머니의 소박한 시간

벽장 밑 벽에
거울을 세워놓고
참빗으로 빗질을 하고 계십니다
참 빗으로 곱게 빗어봅니다
요리조리 거울을 보십니다
오늘은
청양 장에 가시는 날입니다
곱게 단장을 하시고 머리 뒤에
비녀를 꽂아 마무리하십니다
오늘은
어머니에게 소박하지만 소중한 시간입니다.

상념

초겨울 바람이 세차게 분다
그 무성했던 푸르렀던 잎사귀들은
흔적 없이 어디론가 떠나고
뒷산에 우두커니 서 있는
큰 상수리나무에 까치 가족 모여
겨울을 걱정하는 듯하구나
이 겨울이 지나고 꽃 피는 봄이 오면
까치도 걱정을 덜 하겠지.

도대체

대한민국의 인구는 오천만이 넘는데
그중
불교가 대략 1,200만 명
개신교가 대략 980만이고
천주교가 대략 380만 명이라고 하는데
우리 사회가 갈등과 혐오가 증가하는 것은
그들이
자기 자신만 잘되라고
이웃 잘되라고
나라 잘되라고
이곳저곳에서 정성껏 기도하는데
이게 웬일인가요
갈수록 세상은 어수선하고 국민은 아우성이니 말입니다
그들의
정성이 부족한 것일까요
오직 자기만의 기도인가요
무늬만 종교인가요
아 도대체 알 수가 없네요
해명이라도 해주세요
제발.

흐르는 세월

둥근 해가 산속으로 사라지자
산속은 금방 어두워지고
산새들은 기다렸다는 듯이
울어대고
어느새 밤은 깊어
푸르고 푸른 소나무에
둥근달 걸려있고
밤은 더욱더 깊어만 가네
달이 소나무를 지나면
또다시
해가 떠오르는 아침입니다
아 세월의 야속함이여.

그리운 마음

금초한 묘지 뒷산에서 새가 운다
귀뚜라미가 운다
일 년에 두서너 차례 찾아오는 부모님 산소
그리워라
부모님은 어디 가고 안 계시나
술잔 올리고 절하니
마음 먹먹하네.

그놈이 그놈 안 되어야

이 정권이나
저 정권이나
정치를 못하긴 매한가지일세
국민의 눈높이는 하늘을 찌르는데 말야
그러니 국민은 바뀌어봐야 그놈이 그놈이라고 조롱하니
어쩌면 좋을꼬
우리는 언제나 정치적 선진국이 될까
국민의 기대치는 하루가 다르게 높아가고
정치하는 사람들의 수준은 낮아지고
이를 어찌할까
보고 싶다
올바른 정치를.

힘 중의 힘

세상은
억지로 하려 해도
안 되는 일이 있고
내버려두어도
잘되는 일이 있지요
그게
세상의 이치이고 순리이고.

이어지는 感動

갈라지고 찢어지고 움푹 파이고
말라비틀어진
마을 어귀에 말없이 서 있는 고목
누군가가 저 나무에서
싹을 틔우고 꽃이 피겠냐고 하지만
지나는 사람들의 우려는 杞憂로 끝나고
봄이 되니
곁가지에서 싹이 튼다
곁가지에서 꽃이 핀다
힘차게 밀어내는 고목의 생명력에
그저 감동할 뿐이라오.

쓸쓸함을(갓골에서)

올봄도
개울 건너 집 배나무 복사꽃
활짝 피었네
작년에 돌아가신 어르신
적막한 빈집 배나무 복사꽃만이
집을 지키네
봄은 화려한데
쓸쓸함을 지울 수 없네.

표고버섯의 향기

청양 형님댁의 뒷산
참나무 수백 토막 줄 서 있고
나무마다 예쁘게 피어오르는 표고의 자태
봄에 유독 향기롭고 맛이 좋은 표고
아침 일찍 햇볕이 나무 사이를 파고들 때
뒷산에 올라
생으로 따 먹어도 좋은 표고
라면에 끓일 때 넣어 먹어도 일품인 표고
오죽하면 민달팽이도 한술 뜨려 표고에 달려든다
이 자연의 선물에 그저 고마울 뿐이고
표고버섯의 향기는 샤넬 No.5보다 진하지는 않지만
그 향기는 은은하고 먹을 수 있는 향이기에 더더욱 오래간다.

부드럽고 부드럽게

오늘 밤은
아내의 품에 안겨서
아내의 젖가슴을 만져야겠다
마치
꿀벌이 꿀을 빨듯이
조심조심
부드럽고 부드럽게.

276

난 지금

청양의 산들바람은
더위를 밀어내고
옥계천 뚝방길은 고요하기 짝이 없고
원당에서 반계까지 물 흐름 따라 걸으니
옛 생각에 마음이 편해지는구나
참외 서리도 하고
천렵도 하고
얼음 조각도 타고
검정 고무신을 떠내려 보냈던 이곳
난 지금 지나간 어느 시간에 닿아 있을까.

어머니 아버지의 시간

강남 갔던 제비 돌아와
추녀 밑에 둥지 틀고
논에 두엄 내고 물 가두니
개구리 울어대고
우리 집 소도 쟁기질에 바쁘구나
아버지의 용안에 미소가 넘치시고
어머니의 새참에 함박웃음 더하니
올해도 어머니 아버지의 시간은
그렇게 옹골차게 영글어간다.

하루의 호사

이른 아침
서울 자양동을 떠나 이천 갓골에 이르니
해는 중천에 솟아있고
옷을 갈아입고
장화를 신고
장갑을 끼고
호미를 들고 잡초를 제거하러 꽃밭에 가니
작약 새싹 이미 올라와 있고
냉이꽃은 배시시 인사를 건넨다
이 봄날의 작은 거래에
난 호사를 누린다.

Kiss의 맛

키스는 해도 해도 맛이 있다
언제 그랬냐는 듯
여러 잔상이 사라지고
농익은 키스에
서로가 서로의 속을 훤히 들여다본다
이
나눔의 정이
Deep Kiss로 이어진다.

빈둥거리다가

주말 할 일 없이 빈둥거리다가
에라이
이천에나 가자
따스한 4월의 주말
톱 한 자루
낫 한 자루 들고 산이라고도 할 수 없는
작은 산에 오른다
자를 것도 별로 없지만
이 나무 저 나무 기웃기웃
자른 나무 또 자를 것 없나 기웃기웃
왔다 갔다
그래도 나름 재미가 쏠쏠하다
주말의 느긋하고 유유자적한 시간이 지나간다
이것이 빈둥거림의 美學이 아닐까.

불태웁니다

신체 건강하여
윗도리 아랫도리 건강하니
남자의 강렬함을 주체 못 하고
밤이면 밤마다
정열을 불태웁니다.

치열한 밤

오늘 밤이 어느 밤인가
여섯 명이 빙 둘러앉아
친구들하고 술잔 기울이는 밤이지
술잔이 돌아가고 언성이 교차하고
세계를 論하고
국가를 論하고
사회를 論한다
육십 평생을 살았으니
할 말이 많을 테고
나름 철학도 있을 거고
사랑도 있을 거고
비애도 있을 거고
사람 사는 세상이 그렇고 그럴 텐데
오늘 밤은
치열한 밤이로구나.

풍요 속의 빈곤

시대 똑똑한 사람 유능한 사람
권력을 가진 사람
무한 경제력을 가진 사람 넘쳐나도
똑똑함을
유능함을
경제력을
권력을 어디에다 쓰는가
세상 뒤돌아봐도 국민이 칭송하는
그 멋진 사람 없구나
불법 탈법이 드러나도
썩은 부분 드러나도
증거를 들이대도
나 잘못했소 하는 사람 없고
이러니
국민은 슬퍼한다
국민은 화가 난다
이 풍요로운 시대의 지독한 아픔이여 슬픔이여.

공감

학의 다리 길고
참새 다리 짧아도
우리는 그것들을 새라 부르고
사람들이 잘 모르는 감꽃도 꽃이고
대추나무꽃도 꽃이라네
대통령과 장관만 공무원인가
동사무소 직원도 공무원이라네
사람들은 왜
아집과 편견으로 세상을 인지하는가
세상의 다양성을 공감하는
또 다른 안목을 키워보자.

사로잡는구나

이 작은 사과꽃이
이 작은 배꽃이
이렇게 예쁜 줄 예전엔 몰랐었네
봄에 피는 사과꽃 배꽃 수수하게 예쁘다
화려하지 않으니 소박하고 순박하고
이 작은 배꽃 사과꽃이
하늘과 땅을
도시의 한 사내를 사로잡는구나.

어리석은 놈

자세히 들어보자
오늘 난
무엇을 했고 무엇을 얻었는가
깨달음도 없고
느끼는 것도 없고
얻은 것도 없고
에이
어리석은 놈 김용화.

무제

세차게 비가 온다
비를 피해서 유리창 틈새에 끼어있는
벌레 한 마리
살려고 아우성이지만
아무도 관심 없고
한세상 모든 아픔이 오롯이 창문 틈에 담겨있네
모든 것은 이와 별반 다르지 않네.

위태로운 저수지

가뭄에 저수지가 말라간다
낚시해서 고기 잡고
그물로 잡고
물고기가 불안하다
사람들은 물 반 고기 반이라고 호들갑 떨지만
고기가 불안하다
낚시가 떠나고
그물이 떠난 후
오리와 백로가 달려든다
물고기가 불안하다 불안해.

한 방울의 기적

비가 내립니다
마른 대지 위에
그
물 한 방울이 닿는 곳마다
스프링처럼 튀어 오르는 새싹들
이곳저곳에서
세상을 바꾸어 놓습니다
이
물 한 방울의 기적이여.

봄의 시작(한가하게)

이천 관리의 내원사(寺) 가는 길엔
작은 실개천이 있다.
그야말로 보통의 시골길이다
이천 집에서 불과 2km 거리인데
갈 때마다 새롭게 다양하게 보인다
3월 중순쯤엔 눈을 흥분시키는 것들이 꽤 있다
개구리 알이며 도룡뇽 알이며
논과 밭둑엔 야생화이며
아무것도 없을 것 같은 개천엔 버들치들이
겨울에 꽁꽁 얼었던 얼음을 깨고
새 생명을 품으려 꼬리치고 노닌다
그뿐이랴 이름 모를 묘지엔
할미꽃이 고개를 내밀며
할머니 할아버지의 외로움을 달랜다
봄의 시작은 이곳 보통의 시골에서
소리 없이 부드럽게 시작된다.

뛰어봤자 벼룩

말 다리 소 다리 길고
돼지 다리 닭 다리 짧아도
우리는 모두 가축이라 부릅니다
잘생겼어도 사람이요
못생겼어도 사람이요
이 핑계 저 핑계 대지 말고
자기가 머무르는 곳에서 최선을 다하고
각기 다름을 인정하는 마음이 중요하겠지요
옛 속담에
뛰어봤자 벼룩이라잖아요.

무슨 짓이여

육십을 치열하게 살았으나
무엇을 얻었던가
얻지도 못하면서
잃은 것을 걱정하고
기쁜 일 있어도 쓸데없는 걱정을 하고
나이 육십에
건강이나 걱정하고
이게 무슨 짓인가.

모임(會)

모임에 뭘 그리
의미를 둘까
한바탕 웃고
술 마시고 덕담 나누고 안부 전하면 되지
뭘 그리 의미를 둘까
시간이 지나면
구름처럼 안개처럼 잊히고 흩어지는데
뭘 그리 의미를 둘까
그냥 한바탕 웃고 떠들고 마시면 되는 것을.

숫돌과 세월

마당 귀퉁이에 자리 잡은
아버지의 숫 돌은
칼을 갈아
낫을 갈아 앙상해져가고 있네
마당 귀퉁이에 있는
보잘것없는 숫돌도
최선을 다했거늘
난 나이 육십즈음에
오늘도 무엇을 하고 있는가.

육십즈음에

육십 년 세상사 외로이 독백 하나
어느덧 인생사 마무리의 시간이
다가오는구나
늦었을 때가 가장 빠르다는 이야기처럼
이제부터라도
세상을 되돌아보는 안목과 현실을 직시하고
남은 시간 생각하는 혜안으로
살아가야겠다
육십즈음에.

응원합니다

삐그덕거리는
빈 유모차를 어렵게 밀고 가는 할머니
오늘은
수북해야 할 유모차에 파지가 안 보입니다
아침부터 저녁까지
이 골목 저 골목 누벼도 유모차는 텅텅 비고
당신의
하루가 소슬하기만 합니다
할머니의 하루가 이렇게 고단하게 이어집니다
할머니를 응원합니다.

절구통

해 넘어갈 무렵
무쇠솥은 거친 숨을 몰아쉰다
솥에는 잘 익은 찹쌀이 기다린다
어머니는 뚜껑을 열고 바가지에 가득 담아
절구통에 밀어 넣으시고
아버지는 절구로 내리치신다
그 사이
어머니는 절구를 피해서
용케도 손으로 떡살을 모으신다
아버지와 어머니의 합작품인
인절미는 혼이 담긴 음식이었다.

때론 친구입니다

때론 책 한 권도
때론 신문 한 장도
때론 물 한 잔도
때론 차 한 잔도
때론 나무 한 그루도
때론 물고기도
때론 거미와 거미줄도
소중한 친구이고 소중한 자산이고 친구입니다.

고마운 나무들아

낯선 곳을 여행하다 보면
언덕 위에 모퉁이 민가
인적 없는 한적한 곳
의외의 곳에
소나무 아름드리 느티나무 등
기기하게 자란 멋진 나무들이 마음을 흥분하게 만든다
나무를 좋아하는 나에게 돌아다니면서
마주하는 그 나무에 고마움을 전하고 싶다
자연에 거주하는 나무지만
나의 거칠어가는 마음을 달래주니 얼마나 고마운가.

소중한 삶

삶은 내가
남에게 보여주려는 것이 아니기에
환호든
희망이든
불행이든
행복이든
나만의 기록이기에
나만의 진중하고 소중한 가치이기에
삶은 소중합니다.

장모님의 열정

당신은 어찌 그리
열정으로 똘똘 뭉치셨나요
자식 사랑이 그러하시고
며느리 사랑이 그러하시고
손자, 손녀 사랑이 그러하시고
사위 사랑이 그러하시고
형제간의 우애가 그러하시고
당신 스스로에 대하여 그러하시고
농사 일이 그러하시고
당신은 어찌 그리 열정이 많으신가요
부럽습니다.
본받고 싶습니다
실천해보고 싶습니다
캐내도 꺼내도
끝이 없는 열정을 말입니다.

그저 바라만 봅니다

허리 구부러진 할머니
무더운 날씨에
힘겹게 파지 리어카 끌고 가시고
난 에어컨 빵빵 나오는 차를 몰고 가네
창밖으로 바라보는
할머니의 삶의 무게를
난 알고 이해할까
그저 할머니만 바라볼 뿐이다.

고추를 따며

해가 뜨니
이슬 사라지고
이슬 사라지니
빨간 고추 빛이 나고
고추 고랑 왔다 갔다
얼굴엔 구슬땀 송글송글
바구니엔 때깔 좋은 고추 넘쳐나고
하늘엔
뭉게구름 두둥실
고추 따는 재미에 시간 가는 줄 모른다오.

힘내게나

노부모를 모시는
친구한테 전화가 왔네
부모님이 병원에 입원하였다고
팔십 평생
병원 한번 안 가시고 건강하셨는데
자넨 참
복 많은 사람일세
팔십 평생 병원 한번 안 가셨으니 말일세
노부모를 모시는 자식들은 늘 걱정이고
시름에 겨울 때도 있고
마음 한구석에는 응어리진 마음이 있을 테고
허나
어찌하겠는가
내 부모이고 내가 안고 갈 숙명인 것을
친구여
힘내게나 힘을.

의혹들

분명 아닐 거야
아닐 거야
아직 결과도 안 나왔는데
무슨 상상을 하는 거야
아닐 거야
아닐 거야
내일은
아닐 거야가 아니고
맞을 거야가 되겠지
세상은 늘
이렇게 가곤 하지.

함께해야

삶은 함께 입니다
제아무리 혼자를 원하고
외롭지 않다고
혼자를 원하지만
세상의
길은 혼자 가면 외롭습니다
힘이 들고 어렵더라도
함께 가야 합니다.

어느 봄날에

노부부
중년 부부
젊은 남녀
정답게 앉아 있는 한강 뚝섬지구
벚꽃이 떨어집니다
행복이 떨어집니다
사랑이 떨어집니다
가로등 아래
꽃만큼이나 타오르는
붉은 입술의 향연
얼마나 좋을까
얼마나 행복할까
사랑이 오가고
몸을 비틀고
마음을 울리고
봄날의 벤치는 그렇게 깊어갑니다.

깊은 울림

팔십 평생
어찌 그리 첫날처럼
팔 남매의 사랑을 위해
당신의 삶의 무게가 무거워도
자식들 앞에서는
늘 그렇게
가볍다고 말씀하셨던 부모님
가슴 깊은 곳에서는
어떠하셨을까요.

살아가는 맛

너는 너대로
나는 나대로
각자의 영역에서
줄기차게 최선을 다하고
피곤함 노곤함 고독함이 있어도
세상살이 아름다운 행복들
오래 남아
하루하루
살아가는 맛이 납니다.

사랑일 겁니다

늘
티격태격 다정해 보였던
어머니 아버지
달빛으로 떠오를까
바람 소리 되어 들릴까
간간이 먹먹할 때
그리는 언어
어머니
아버지
그리고 그리워하는 것은
사랑했기 때문일 거예요.

몹쓸 짓

건강에 좋다고
봄에 나무의 새싹을 무참히 자르고
나무에 구멍을 뚫어 수액을 싹쓸이하고
살아 있는 곰에 주사기를 꽂아
웅담을 쥐어짜고
개구리 뱀을 잡아 몸에 좋은 보약이라고
마구 먹어댑니다
엄청나게 잔인한 인간의 몹쓸 짓입니다.

세월의 혼

돌아가신 빈자리에
세월의 흔적들이 모여
또 다른
세월의 혼을 담는다
지난 시간 속에서
차곡차곡 쌓아두었던
부모님의 알토란 같은
혼과 정신을 지금도 잘 먹고 소화합니다
어머니
아버지
고맙습니다.

어머니 기일에

오늘은
어머니의 기일입니다
어머니
오늘 하루만이라도
자식들의 울타리 안에서
마음 편히 웃는 모습으로
행복한 미소로 지내주세요
어머니.

앞만 보고

사랑을 얻고
세상을 얻고
그
삶 속에서 자식을 얻고
사랑과 인고의 세상을 함께 하니
그게 바로
어머니의 品格입니다
아버지의 品格입니다
늘
기쁨과 슬픔을 떼어놓고
삶을 살 수 없기에
부부는 후회 없는 삶을 살기 위하여 앞만 보고 갑니다.

육십즈음에 1

육십즈음에 있어도
돌아가신 어머니 아버지의 말씀이
가끔은
내 안에 꽃으로 핍니다.

세월의 더께

10여 년을 묵묵히 버틴 플라스틱
평상이 망가져간다
텃밭 옆
마당 한쪽에 덩그러니 자리를 지키고 있던 평상
새참을 먹고 커피를 마시고
그렇게 눈비 맞고 뜨거운 태양 아래
묵묵히 견디고 가족의 편의를 아낌없이 봐주었던 플라스틱 평상
마침내 망가져 간다
이 세월의 더께를 이길 수 있나요
세월은 생명이나 물건이나 세월의 더께를 거스를 수는 없지요.

축제

뒷산의 밤꽃 흐드러지게 피어
진한 향기 뿜어대고
담장 밑 빨간 앵두는
누구를 기다리듯이
연신 손짓하네
오월에 심은
오이 고추 참외는 쑥쑥 커가고
이미
텃밭은 축제로구나!

땅의 철학

겨우내 꽁꽁 얼었던 논에
물을 가두고 모내기를 하니
개구리가 울고
우렁이가 왔다 갔다 하고
풀벌레가 날아다니고
참으로 신기하고 위대할 따름이다
그
혹독한 겨울의 시간을 보냈는데도
생물들은 천연하고 아름답게
다시 등장한다
이
자연의 경이로움에 그저 감탄할 뿐이다
그래서
아버지와 어머니의 땅은
희망이고 철학이고 종교가 아니었나 싶다.
양적으론 작은 농사 일
올해는 무척이나 가물어
농작물의 성장이 시원치 않다
시들고 말라 죽어가고 병들고
그러나
농사꾼이 아닌 우리에게 많은 것을 이야기한다
자연이 자연일 때 가치가 있는 거처럼
억지로는 안 된다는 것을.

부지깽이

어머니가 하루에도 몇 번씩 움켜쥐었던
부지깽이
꺼진 불도 살려내고
하루 세 번
가족의 생계를 책임졌던 부지깽이
어머니의 사랑이고 철학이었다
또한
부지깽이는 읍내
우시장으로 가는 소의 엉덩이를 때려
격려하던 경제 방망이었다.

사계절의 매력

봄철엔 상추 쑥갓 등 채소를
여름엔 고추 오이 수박 참외를
가을엔 배추 무 밤 쌀을
겨울엔 시금치까지
사계절의 이해관계를 떠나
사계절의 바뀜에서 돌아가는 매력을 맛본다
흙과 함께하는
사람들의 일상적인 매력이다.

과거는 과거

꿈인가
상상인가
현실일까
으르렁으르렁
욕지거리 퍼붓고 개지랄하더니
언제 그랬냐는 듯이
웃음 지으며
미소 지으며
어깨를 두드리며
찬사를 보내며 박수를 보낸다
과거는 과거고
우리에겐 미래가 중요한 것
남과 북
북과 남
과거는 뒤로하고
신명 나게 놀아보자.

꽃은 꽃이다

감자꽃도
열무꽃도
호박꽃도
이름 없는 수많은 꽃도 꽃은 꽃이라네
그 누구에게도
관심은 못 받지만
그
꽃에는 늘 벌 나비들이 찾아들어 꿀을 얻어
벌 나비의 삶을 꾸려가니
꽃은 꽃이라네
이
순백하고 담백한 꽃의
아름답고 순수함에 대하여.

땅의 철학

흙과 뒤엉킨 채 커가는 잡초들
전신에 흐르는 땀을 업은 채
호미를 들고 옥석을 가린다
흙먼지 날리고
아직 발효되지 않은 이장님네 소똥 진동하지만
이
땅과 거름 식물의 매력에 빠져든다
하므로
잡초를 뽑는 것도
땅의 철학이 아닌가.

이 세상에

하루 일을 끝내고 귀가한다
샤워를 하고
뚝딱 밥 한 그릇 해치우고
소파에 앉아 멀뚱멀뚱 멍때리고
아내는 부엌에서 설거지하고
담소와 웃음소리
세상 천지에
아내 같은 큰 버팀목이 있을까
이 세상에.

손이 가요 손이 가

아무리 텃밭이지만
하나에서 열까지
사람의 손길이 필요합니다
상추 심은 곳도
고추 심은 곳도
마늘 오이 심은 곳도
서로가 와 달라고 아우성입니다
해도 해도 끝이 없는
식물들의 앞치다꺼리 뒤치다꺼리
마치
자식 열 명을 키우는 형국입니다
허나
흙에 감기는 감촉과
가슴 깊이 파고드는 식물들의 속삭임에
오늘도
텃밭으로 갑니다
아우성인 식물을 달래러.

적당한 냉정함

토마토 참외 수박 심지어 고추까지
이 식물들은 하나 같이 곁순을 따내야 하는 식물입니다
쭉쭉 자라고 꽃이 피어도 냉정하게
곁순을 따내야 합니다
이 지독한 냉정함을 식물에게까지 해야 하나
하지만 어쩔 수 없이 칼을 대야 합니다
이 연약한 순을 곁가지를 떼어내야 하는 것은 무엇일까요
많은 것을 얻기 위함이지요
세상은 늘 그렇듯 냉정함과 온전함
유연함이 늘 교차하는가 봅니다
식물도 식물의 본성과 관계없이
인간의 탐욕 때문에 잘려나가야 하는 운명입니다
이것도 사람의 욕심이라면 욕심이겠지요.

할 일 없으면 주말에

주말입니다
오늘도 밭에 일하러 갑니다
올해로 대략 24년째
경조사 없으면 주말엔 농사지으러 갑니다
흙냄새
거름 냄새
자연의 소리 들려오는 밭에서
호미 낫 쇠스랑 들고
바둑판처럼 땅을 고르고
풀을 뽑아주고
거름을 줍니다
쑥쑥 자라는 채소를 보면서 흐뭇해합니다
주말에 할 일 없으면 농사지으러 갑니다.

내겐 즐거운 시간이지

채소를 가꾸는 일은
그리 어려운 일은 아니다
시간도 많이 안 걸리고 해서
행복과 기쁨을 얻는 시간도 그만큼 짧다
채소를 기르면서
채소의 속삭임에 귀 기울이다 보면
어느새
채소에 동화되고 설득당한다
이게 내게는
아주 멋진 시간이라오.

삶의 여정

컵에 담긴 뜨거운
커피처럼
먹든 남기든 식어가고 말라가고 남겨지고
결국은 빈 컵으로 남는 법
또
차가우면 뜨거워지고
뜨거우면 식어가고
삶도
찻잔처럼 천당과 지옥을 넘나든다.

가는 세월 뒤에서

제아무리 천하를 얻은 자도
가는 세월 앞에서 큰소리칠 사람 누구인가
그것은
위선일까
안타까움일까
바락일까
아니면 타협하자는 걸까
아니면
마지막 대치일까.

소박한 내면

흙의 흐뭇한 환희
꽃이 피고 지는 현실
폭풍처럼 쏟아지는 소나기
엄숙한 마음으로 지켜보는 장례식
소박하게 차려진 식탁의 정겨운 담소
지인들과 맛깔나게 먹는 음식과
소주 한잔의 여유
이 모든 것이
소박하지만 철학이 숨어있는
작은 내면의 세계가 아닐까.

때론 完成刑

밭고랑을 건너듯
세상을 건너가며
마음의 고랑을 넘는다
세상사
삭히고 삭이면서 살아가는 것
언제까지나
풋사과 풋고추처럼
살 수는 없지 않은가
때론
빨갛게 익은 고추처럼
완성형의 삶도
살아야 하지 않겠나.

어느 쪽에

어떤 이는 귀가를 하기 위해 계단을 오르고
어떤 이는 건강을 위해서
계단을 오릅니다
한쪽은 산동네이기에 계단을 오르고
한쪽에선 관광하기 위해 계단을 오릅니다
어떤 쪽에 무게가 실리나요.

낫과 호미 예찬

낫은 누가 창안했을까
호미는 누가 창안했을까
풀을 자르고 나무를 자르고
풀을 뽑고 씨앗을 심을 때 필요한 도구
낫과 호미
겸손하게 생긴 호미
예리하게 생긴 낫
느그들은
쇠와 나무로 만들었지만
참으로 잘생기고 멋지구나
어쩌면 이렇게 손아귀에 딱 맞을까
낫과 호미
느그들은
샤넬 No.5 향수보다
명품 중의 명품이니
자부심을 느껴도 되겠소이다.

夢想

밤이면 밤마다
얄궂게 찾아오는
몽상의 그림들
때론 웃음 짓고
때론 찡그리고
때론 가슴 뭉클하고
이게 몽상의 특권이 아닐까
오늘도 난
잠 안 오는 밤에
눈을 감았다 떴다
몽상한다.

기다림

봄비가 멈췄다
오랫동안 닫혔던 꽃가게 앞은
봄을 맞아 화사한 옷으로 갈아입고
사람들을 유혹한다
마치
떠난 여인을 기다리는
남정네처럼.

꿈은 꿈이네

밤이면
이룰 수 없는 수많은
꿈을 꾸면서
날이 밝으면
흔적도 없이 흩어져버리는 꿈
그래도 밤의 일장춘몽은
쓰러지지 않는
삶의 꿈이며
이루어지지 않는 희망이라네.

더러운 흔적

사람들이 왔다 떠나간
팔도강산에는 어김없이
쓰레기가 쌓이고
분노가 폭발한다
살아있는 생물들은 아우성이다
사람들이 떠나간 자리엔
살아있는 모든 것이 신음하며 혀를 내두른다
살려달라고.

방앗간에서

부지깽이도 춤춘다는 가을입니다
낡은 방앗간
기계는 투덜대며 쉴새 없이 돌아가고
껍질과 탑새기는 날려버리고
작은 구멍에서는 흰 쌀이 눈처럼 쏟아진다
농부는 일 년의 수고를 주워담습니다.

해 떨어지면

햇볕은 쨍쨍
텃밭은 목말라 어쩔 줄 모른다
밭의 식물들은 비실비실
비는 안 오고 안타깝기 그지없어라
그
그 푸르고 활기차던 이파리들은
축 늘어져있고
초보 농사꾼 마음 아프지만
어이할 길 없네
그래
해 떨어지면 앞 개울에서
물 길어다 주어야겠다.

이곳도 바쁩니다

백담사 전나무
백담사 건너편 소나무 숲
미시령 고개를 지나
경포대 해변에 이르니
바람과 파도
만나고 헤어지길 반복하고
모래 위 갈매기도
모였다 헤어지길 반복하고
어부들은 파도에 몸 실은 채
동과 서로
남과 북으로 왔다 갔다
바쁩니다 바빠.

오늘은

오늘은
아내를 껴안고
발가락부터 머리끝까지
만져보고 핥아보고 쳐다보고
체액을 나누고
그렇게 했어요.

지나간 시간 속에서

집에서 멀리 떨어져 있던 뒷간
허름하기 그지없었던 유년 시절의 화장실
그곳은
우리의 생리현상을 해결해주는 곳이기도 했지
살아 숨 쉬는 자연의 일부분이기도 했고
두 다리 쩍 벌리고 볼일을 볼 때면
밑에는 구더기 우글거리고
어젯밤에 빠진 개구리 몇 마리 뛰고 있고
파리 또한 단골손님이었지
그 자연의 순환 속에서
우린 크고 자랐고 여기까지 왔다네
이 아련한 지난 시간은 우리에게 무엇이었을까.

넘쳐요 넘쳐

사랑은 잘 익은 과일인가 봅니다
입술과 입술이 포개지면
과일의 달콤한 과즙처럼
입안에 도는 달콤함
그뿐이겠습니까
입술과 입술이 포개지는 순간
온몸은 불타오르고
온몸은 향기로운 과즙이 흘러넘칩니다.

세계의 哲學

막걸리 소주
맥주 춤추는 시간
여기도 그 풍경
저기도 그 풍경
우리에게 막, 소, 맥은 무슨 의미일까
고단한 삶의 철학일까
깊은 삶의 철학일까
재미있는 철학일까
언제 어디서나 만나게 되는
막, 소, 맥주
이 세 가지의 철학을 알려주세요.

감자의 변신

너는 투박한 곳에서 자랐지만
꽃도 예쁘고
맛도 좋고
토실토실하고
주렁주렁 함께하길 좋아하고
그러나 난
너희들을
때론 뜨겁게 하고
때론 소금에 찍고
칼로 자르고 으깨기도 하지만
이게 사람들의 순환 법칙이라면 이해하겠니.

임동호

햇살 따스한 가을
아차산에 오르니
만산홍엽이 되어가고
언제 산행을 했는지
서울 장수 막걸리 들고
나타난 풍류객
임동호.

늘 숨 쉬는 문

경계의 빗장이 풀리고
이윽고 그
여인의 모든 문이 열리고
열린 모든 문은
한
남자의 역사가 되고
환희가 되기도 하고
치욕이 되기도 한다
한
여성의 문은 온 세상을 흔든다.

Analogue 감성

40여 년을 간직해온 엘피판 천여 장
여지껏 옥이야 금이야 지켜온 엘피판
제아무리 Digital 시대라고 하지만
Turntable 위에 돌아가는 엘피판
얼마나 멋진가
이 Digital 시대의 Analogue 감성은 무엇일까
오늘은 ABBA의 Dancing Queen과
Eagles의 Hotel California를 들어야겠다
이 소박하지만 멋진 엘피판의 감성.

320

麥秋의 季節

유월이라 벼가 제자리를 찾아가고
보리는 누렇게 익어갑니다
앞집 앵두는 붉은 입술 드러내고
화단 옆 보리수도 여인의 목걸이처럼
아주 예쁩니다
뒷산에 핀 밤꽃도 향기를 뿜어냅니다
하늘엔 새들 무리 지어 어디론가 날아갑니다
현관문 낡은 의자에서 바라보는
세상은 평화롭기만 합니다
유월은 보리가 익어가는 맥추의 계절입니다.

문득문득

월 화 수 목 금
왔다 갔다 動線 비슷하고
생각하는 것 비슷하고
회한과 그리움 여전하고
사람인지라
마음이 돌과 쇠붙이 같지 않고
새장의 새처럼
오늘도
서성거리는 느낌이올시다.

피에로

막말의 두 남자
트럼프
김정은
현실 남일까
몽상가일까
판문점
서울
미국
싱가포르
베트남
베이징
앞다투어 날아갔다 날아오고
대한민국 국민은 그들의 입에 귀동냥
마치 대한민국 국민은
피에로가 된 느낌일세.

그래도

사과꽃 배꽃
멋들어지게 피고
뒷산엔 짝을 찾는 꿩들의
경쾌한 꿩 꿩 소리
아 저 꽃이 떨어질까
안타까웁지만
늘 세상은 피고 지고
생로병사의 길이거늘
그래도 기대해보자
저 꽃의 아름다움의 끝을.

한가로움

주말 오후
한가로이 텃밭에서
호미질하는데
항아리 장수
고물 아저씨 소리 내며 지나가고
저
건넛집 강아지와 고양이는 각자
짝 찾아 어디론가 떠나네.

자연의 경이로움

거대한 바위틈에 걸려있는 듯한
저 소나무의 자태
신기하기도 해라
어쩌면 그렇게 깎아지르는 듯한 절벽에서
기이하고 아름답게 자랄까
이 자연의 경이로움에 소름이 돋는 듯하다
이
자연의 경이로움의 끝은 어디일까.

평안하소서

외로운 사람들
요양원 사람들
저
요양원에서 병든 몸 이끌고 마음을 이끌고
지난 시간 되돌아보는 사람들
뭇사람들
인생을 살면 얼마나 산다고
나불대지만
병마와 죽음 앞에선 누구나 추한 법
가슴속에 묻어둔 모든 것을 벗어 던지고
부디.

그리움 넘쳐도

부모님의 거처는 청양에 있고
나의 거처는 서울에 있어
그리움 넘쳐도
서로 못 보고
눈비 오면 더욱더 사무쳐라.

다 그런거지 뭐

녹슨 깡통
너도 태어날 땐
멋있고 화려했지
그러나
단물을 빼먹고 이런저런 용도로 쓰다가
쓰레기통에서
음습한 곳에서
이리 차이고
저리 차이고
비 맞고 눈 맞고
더위에 뜨겁고 추위에 떨고 녹슬어가고
세상사
다
그러합니다.

무슨 일이

활짝 핀 영산홍
예쁘고 예쁘게 피었네
간밤
비바람 천둥에
그 예쁜 꽃들은
얼마나 놀랐을까.

누구에게

곳 외져
오가는 사람 없고
물 떨어지는 개울 옆
넓은 바위에 앉아 멍때리니
마음은 평안하여라

물속의 고기들은
이리저리 왔다 갔다
자유롭게 노닐고

건너편에서는 새들의 노랫소리
이 고요하고 평온함을 누구에게 전하리오.

봄날의 여유

새싹 돋아나고
꽃이 피는 봄날
햇살 좋은 곳에 앉아
마당에서 한가로이 먹이를 찾는
닭을 바라본다
마당에 뭘 그리 먹을 게 있다고
발길질 여념 없는
평화로운 봄
구름이 해 막으면
잠시 구름 걷히면 어느새
가을 목화밭의 목화처럼 포근한
봄날의 여유를 만끽해봅니다.

겁이 납니다

부모님 돌아가셔
안부를 물을 수가 없습니다
부모님을 회상해봅니다
부모님께서
지금도
날 더 걱정하실까 봐
더 겁이 납니다.

괜찮은 삶

슬퍼도 슬퍼 마옵소서
한여름
하루살이 훨훨 날아도
하루면 죽습니다
슬퍼도
즐거워도
인생 백 년
삼시 세끼 밥 넘기며
살아가지 않습니까
뭘
그리 서두르십니까
삶은 소중하고
아름답습니다
우리는 하루살이가
아니질 않습니까.

세상의 모든 것

세상의 모든 것은
누군가의 관심이다
　　　사랑이다
　　　에너지다
　　　슬픔이다
　　　환희이다
　　　고민이다
　　　희망이다
세상의 모든 것은.

칼은 휘둘러야

정권이 바뀌니 칼바람이 분다 불어
이유야 어떻든 간에
이게 이제껏 우리의 현실이 아니던가
역으로
칼바람이 부는 것은
무슨 뜻이겠는가
온갖 것이 있다는 뜻이 아니겠는가
하므로
칼바람이 불 때는 불어야 하지 않겠는가
누가 뭐래도 칼바람은 불어야 하질 않겠는가.

괜찮은 일요일

청소가 끝난 후
아날로그 턴테이블에
엘피판을 돌리니
고운 선율에 마음이 차분해집니다

부엌에선 아내와 딸이
부산히 음식을 만들고
아들 녀석은 아직도
이불속에서 꿈을 꾼다

시대를 거스르는
엘피판의 매력에 푹 빠져봅니다
오늘은 일요일
꽤 괜찮은 일요일입니다.

마당에 닭을 보며

닭이 두 날개로
병아리를 감싸 안듯이
난
과연 남편으로서 아비로서 그랬을까
아내 주려
자식 주려
경제 찾아다니고
난
과연 마당에 닭을 보며 생각하네
저
창공에 떠 있는
솔개를 감지하며
병아리를 껴안는
어미 닭을 보며
난
무엇을 했는가
생각해봅니다.

시작이군

논에 나가
형님과 논두렁 고치는데
옆집
형님네 새참 소쿠리 열려있고
막걸리 한잔하라고
손짓하네
논둑엔
파릇파릇 새싹 돋고
저쪽 논에선 개굴개굴
아 또
일 년의 시작이구나.

원당마을 저수지

하늘엔 뭉게구름
저수지 물은 고요하고
낚싯대를 드리우기조차 안쓰러운
저수지의 고요한 물
간간이 들려오는 새소리 정겹고
고기가 안 낚이면 어떤가
이
시간이 천상인 것을.

운명

제비 부부
추녀 끝에
보금자리 장만하고 알 품으니
어느새 새끼 네 마리
어미 새 아비 새
제 자식 걱정에
하루에도
동네를 수없이 날아다니네
아이고 내 팔자야.

변화

겨우내
꽁꽁 얼어붙은 계곡
봄이 오면
그 메마르고 척박한 곳에서
물이 흐르고
생명을 잉태하고
세상을 바꾸고
세상은 늘 그렇듯
변화되고 창조되고
그 속에서 우리는 무엇을 해야 할까.

한결같이

아침 6시부터
남편 출근 준비에
여념이 없는 아내
늘 고마움을 전합니다
운전하고 출근 중에
마음이 뭉클합니다
세상일이 그렇고 그렇다고 하지만
365일 늘 고맙고 고맙소이다
사랑합니다 사랑해.

정겨운 밤

비 멈추니
햇살 내밀고
밤 되면 달님도 인사하고
신작로 따라
한 발 두 발 걸으니
들려오는 개구리 소리 정겹고
아내와 함께
이천 갓골 밤길 걸으니
마음도 뿜뿜
정신도 뿜뿜.

그냥 갑니다

집 앞 사과꽃 배꽃
보러 갑니다

돌 틈 사이로 히죽 내민 제비꽃
민들레꽃 보러 갑니다

메마른 땅에
어찌 그리 예쁜 싹이 나올까요
어찌 그리 예쁜 꽃이 필까요

아
무심토록 아름다운 계절
봄봄봄
그냥 갑니다
꽃 보러.

여유로운 시간

지난주 내내
후텁지근하더니
오늘은 아침부터 비가 내리니
한결 부드럽구나
아내가
애호박과 감자를 썰어
전을 부치니 냄새도 좋고 기가 막히는구나
덥지만 여유로운
시간이 흘러가네.

참전 유공자의 집

해마다 청양 본가를 찾는다
해마다 나이도 먹어가고
뒷산의 나무는 하늘을 가리고
달라진 것 없는데
하지만
아버지가 돌아가셨어도
대문에 걸려있는
아버지의 한국전쟁 참전 유공자의 집이란
팻말은 아버지의 역사를 알고 있다
점점 낡아가고 있는 아버지의 역사여
세월의 야속함이여.

고추 예찬

붉은 립스틱보다 더

붉은 고추야 반갑다

넌

어찌 그리 예쁘냐

예쁘기도 하지만

넌

열정 또한 끝내주지

일주일이 지나면

어쩌면 그렇게 곱게 화장을 하니

고추야 넌

참 예쁘구나

난

널 건드리지 않을 수가 없단다

고추야 고추야

날

유혹하지 말아라

난

널 가지고 말 거야.

혼침

아름드리 느티나무
긴 세월
흘러 흘러
파란 이끼 이불 덮고 잠을 자는
커다란 미루나무
이끼 위로 노린재만 음흉하게
아래위로 기어 다니고
세상은 늘
고민과 혼침(昏沈)을 하게 하는구나.

獨行

혼자 걷는 길
찾아오는 사람 없고
강가는 조용하다
물고기가 꼬리 쳐 흔드는지
수초가 흔들리고
건너편 숲에선 비둘기 구구거리고
뭔가 싸늘하지만
가끔 찾아오는 이길
사계절의 아름다움이 있는 이길
언제까지 찾아올 수 있을까.

시작과 끝

아직은 차가운 봄바람
살랑살랑 불어대고
이슬비는
아침부터 저녁까지 부슬부슬
아침 되니 햇살 차오르고
이천 장독대 옆 자두나무 꽃피고
길 건너
산수유꽃은 만발하여 지려 하네
모든 것은
탄생과 끝이 있는 게 아니겠소.

예술입니다

이름 없는 호젓한 산길을 산책해 봅니다
괴나리봇짐엔 따뜻한 물과 봉지 커피와 김밥 서너 줄
길가에 핀 야생화 벌들의 속삭임
봄날의 새싹들은 어찌 그리 예쁜가
고사리가 그러하고
엄나무 순이 그러하고
모든 나무의 새싹들이 그러합니다
봄날의 산책은 예술입니다.

시작했네

맑은 하늘
어두워지더니
밤에 봄비 내리고
얼었던 계곡은 녹아
시냇물 불어나니
논두렁
밭두렁엔 새싹 돋아나니
농부들은 기지개를 켜는구나
또다시
한해는 그렇게 시작했네!

송홧가루의 울림

오솔길 따라 산에 오르면
노란
송홧가루 비에 젖어
노오란 물감 뿌린 것처럼
산을 칠하고 바위를 칠하고
한 방울의 비에 처연히 부서지는
송홧가루의 흩어짐
내 마음처럼 흩어지누나.

형님과 여행에서 1

새벽에 서울을 떠나
강릉 바닷가를 찾아가네
크고 작은 언덕과 탄성을 자아내는 산을 지나
도착한 강릉 해변
언제
우리가 회색 도시의 사람이었던가
언제
우리가 시간의 포로인 사람이었던가
언제
우리가 고민을 안고 살았던 사람이었던가
모두 웃고 맑은 미소 짓는 사람들
얼마나 좋은가
얼마나 좋은가
오늘만큼은 동해와 같이 모든 게 넓은 사람들
모두 좋아 보입니다
좋아 보여.

형님과 여행에서 2

따스한 봄날
자연의 모든 것이 산뜻하고
여기저기 봄나들이에 분주하고
바위틈에 피어난 진달래 살랑살랑
담장의 개나리도
줄지어 핀 벚꽃도
벌과 나비를 초대하고
형님들과 함께
큰 바위에 걸터앉아 웃음꽃을 피우고
강릉 바닷가에서 커피 마시고
동해시 한적한 바닷가에서 담소 나누니
마음이 넉넉해도 너무 넉넉하구나.

살아가는 재미

1판 1쇄 발행 2022년 3월 18일

저자 김용화

편집 문서아
마케팅 박가영 **총괄** 신선미

펴낸곳 하움출판사 **펴낸이** 문현광

이메일 haum1000@naver.com **홈페이지** haum.kr
블로그 blog.naver.com/haum1000 **인스타그램** @haum1007

ISBN 979-11-6440-954-9 (03180)

좋은 책을 만들겠습니다.
하움출판사는 독자 여러분의 의견에 항상 귀 기울이고 있습니다.
파본은 구입처에서 교환해 드립니다.